Ralf A.M. Brehmer

Das

Christi Himmelfahrt

Kommando

oder

All you need is love !
(und irgendwas mit Pilzen)

Bevor Sie dieses Buch zu lesen beginnen:

Jesus kommt in dieser Geschichte sehr gut weg, denn es liegt mir fern, ihn irgendwie schlecht dastehen zu lassen.

Im Gegenteil. Er ist schließlich der Held meiner Kindheit, zu dem ich nach langem Suchen irgendwann irgendwie wieder zurückgefunden habe – obwohl er nie wirklich fort war wie ich erkannte – nur nicht so, wie es sich „religiös gehört".

Ich hatte mich nämlich schon lange gefragt, warum ich aus der Bibel nur einen Baby Jesus „kenne", und dann erst knapp 30 Jahre später wieder etwas von ihm zu hören ist.

Was hat er da die ganze Zeit gemacht?

Wo war er?

Was hat er erlebt, wem ist er begegnet, sodass er der „spätere" Jesus wurde?

Was denkt er?

Warum handelt er so?

Was ist seine Absicht?

Wer war er?

All das wollte ich mir zurecht phantasieren und in einer humorigen Geschichte verpacken, um seine Botschaft auch ohne allzu viel religiöses Drumherum näherbringen zu können.

Das heißt, dies alles entspringt nach vielen Anregungen meiner eigenen Phantasie, wobei ich geschichtlich nicht immer „vernünftig" bleiben konnte.
Doch die Orte, die bereist werden, gibt es meist wirklich, bzw. die Legenden darüber.

Jesus war fleischgewordener Gott, so heißt es.

Wie wir alle anderen auch.

Das ist schlussendlich seine Botschaft.

Und ich glaube übrigens auch nicht, dass Jesus jemals auf die Jungs aus Liverpool hätte böse sein können, denn:

All you need is love!

Ralf A.M. Brehmer, im Jahre des Herrn 2023

*Bibliografische Information der
Deutschen Nationalbibliothek:*

*Die Deutsche Nationalbibliothek verzeichnet diese
Publikation in der Deutschen Nationalbibliografie;
detaillierte bibliografische Daten sind im Internet
über
http://dnb.dnb.de abrufbar.*

© *since 1969 (veröffentl. 2023)*

Ralf A.M. Brehmer

Herstellung und Verlag:

BoD – Books on Demand, Norderstedt

ISBN: 9783758312809

Inhaltsverzeichnis

Das
Christi Himmelfahrt
Kommando

I Nägel waren viel zu teuer

„Zuerst die Füße!", dachte er leicht panisch, als er, beinahe wild mit den Armen rudernd wollend, vom Kreuz abgenommen werden sollte.

Glücklicherweise war die Geschichtsschreibung in einigen Fällen – je nun, um es etwas exakter auszudrücken – in den meisten Fällen recht ungenau.

Er war nämlich gar nicht angenagelt, sondern nur angebunden gewesen.

Nägel waren damals viel zu teuer und diese römischen Besatzer waren effizient, so wie sie knauserig waren und hatten keinen Sinn für Verschwendung.

Absolut nicht.

Aber das Annageln klänge dramatischer, meinten sie später, seine Jungs, oder wie sie sich selber dann irgendwann gerne nannten, Jünger.

Das war auch so etwas, was er nie richtig nachvollziehen konnte.

Obwohl sie es genau wussten, liefen auch sie ihm immer noch weiter nach, hingen immer noch an seinen Lippen, als wäre jedes Wort von ihm das Wort Gottes höchstselbst.

Aber es stimmte, der Glaube konnte ja bekanntlich auch Berge versetzen.

Vor allem die im Inneren.

Allerdings war er genauso Gottes Sohn, wie jeder andere Mensch hier und jetzt und überall sonst auch.

Nicht mehr, aber auch nicht weniger.

Und Maria Magdalena war auch keine gottverdammte Sünderin, wie manche Schriftstücke gerne behaupteten, sondern seine Ehefrau, von untadeliger Herkunft, wie auch er.

„Dass sie das nie verstehen wollen. Aber selig sind eben auch die Rübennasen", seufzte er innerlich lächelnd.

II Alles ganz schön tricky

Er war immer noch völlig erstaunt darüber, dass bisher alles wie am Schnürchen geklappt hatte.

Vom gespielten Verrat seines Kumpels Judas im Olivenhain[1], über die fingierte Abstimmung zwischen Barnabas (der eher ein Opfer der Umstände, denn ein Verbrecher war) und ihm, bis hin zu dem Kreuz aus leichtem Balsaholz, welches sie ihm organisiert hatten.

Und nachdem sie dann auch den sowieso schon wohlmeinenden Longinus mit einigen Schekeln noch zusätzlich motiviert hatten und er dann nur so tat, als würde er ihn am Kreuz mit seiner Lanze stechen, ging auch das gut über die Bühne.

Abgesehen von der Tatsache, dass er jetzt mächtige Kopfschmerzen und einige neue blaue Flecken hatte, da seine Jungs anscheinend nichts von Schwerpunkt, Fallgeschwindigkeit und Kippwinkel gehört hatten, bis sie ihn abbinden wollten.

Aber was will man auch von Fischern erwarten, die noch nicht einmal erkannt hatten, dass er auf einer Sandbank stand, als er „über das Wasser ging"?

---

1 (zugegeben, das mit dem Ohr und Petrus war ein wenig tricky gewesen...)

Hätte er gewusst, was für Scherereien es wegen dieses kleinen Streiches noch geben sollte...

Aber im Nachhinein betrachtet ist auch dies nötig gewesen und später, als er es ihnen beichtete, waren sie auch gar nicht so sauer auf ihn, wie er gedacht hatte.

Am meisten Bedenken aber hatte er vor den wenigen Minuten, in denen er sich auf der Bahre totstellen musste.

Zwar war das am Kreuz hängen und so tun nicht so schwer gewesen wie befürchtet[2], aber bis er im Felsengrab war, galt noch einmal höchste Konzentration und Körperbeherrschung.

Es waren zwar alle eingeweiht und er hatte dieses sehr flache Atmen lange geübt, aber er war halt unglaublich kitzelig und seine Frau Maria hatte manchmal einen echt herrlichen Humor.

„Schwarz wie die Nacht und wüstentrocken", wie er sie gerne damit aufzog.

Aber auch das ging erstaunlich locker über die Bühne.

---

2 (bis auf den unglücklichen Zwischenfall, aber das hatte zum Glück niemand bemerkt)

Beim Einwickeln und Einsalben seines Leibes achtete Maria sehr genau darauf, ihn nicht zu kitzeln.
Sie hatte natürlich den Ernst der Lage erkannt.

Im Nachhinein betrachtet wunderte er sich, wie er nur auf die Idee gekommen war, ausgerechnet sie könnte es ruinieren, indem sie ihn kitzelte oder laut loslachte.
Das war dumm von ihm gewesen, was er ihr bald danach auch reuig gestand.

Im Felsengrab war genug Essen und Trinken versteckt, es war hell genug, und, da es sowieso ungewöhnlich warm war für die Jahreszeit, auch recht angenehm kühl, sodass er jetzt seine ursprünglich leicht klaustrophobische Angst belächeln konnte.

Sogar an das Ausheben eines unauffälligen Abortes hatten sie gedacht und Kalk und ein Schippchen darin platziert.

„Man muss sie einfach lieben", dachte er bei sich.

Apropos Liebe und Angst.

Er war zwar nicht „so ein Sohn Gottes", wie es sich die Menschen gerne vorstellten, aber er war ein sehr, sehr kluger und für sein Alter sehr weiser

Mensch, sodass er bereits früh begriff, dass es nur zwei wesentliche Gefühlsanteile gibt, die des Menschen Antrieb sind:

Liebe oder Angst. Mehr brauchte das Leben nicht.

Und da er nicht die geringste Lust hatte, sich von Ängsten beherrschen oder gar steuern zu lassen, entschied er sich stets für die Liebe. Was dann alle um ihn herum immer wieder so sehr erstaunte, dass das ganze Theater, was sie um ihn immer machten, zumindest ansatzweise erklären konnte.

Er verstand nie zur Gänze, warum die Menschen es sich immer so schwer machten. Das Leben sollte doch einfach einfach sein, worauf er immer wieder gerne und deutlich hinwies.

Es war schon komisch, dass die Menschen völlig nachvollziehbare und absolut einleuchtende Dinge nicht glauben wollten, aber die völlig und allumfassend absurden schon, erkannte er später.

Dass er zum Beispiel am Tag des sogenannten jüngsten Gerichtes zurückkäme auf Erden und dort helfen würde, die Menschen zu richten und dass die „Bösen" in immerwährender Höllenqual im Nachleben für ihre Sünden büßen müssten, oder dass es so einen Unsinn wie Himmel oder Hölle überhaupt gab.

Oder diese Kreationisten, die alles allzu wörtlich nahmen und dann noch diese Flacherdler.

Das alles wäre manchmal zum Brüllen komisch, wenn sich daraus nicht so viele Missverständnisse oder sogar Tragödien ergeben würden.

Dabei waren doch alle Menschen Schöpfer ihres eigenen Seins durch ihr selbstbestimmtes Erleben und dementsprechend auch alle echte Kinder Gottes.

Was, in Gottes Namen, so fragte er sich häufig, ist daran nicht zu verstehen?

Es ist doch das Logischste und Einfachste von der ganzen Welt, schließlich habe Gott den Menschen nach seinem Ebenbild („seiner Art") erschaffen.

Und da das nicht bedeutet, dass er/sie/es so aussieht wie wir (oder sehen wir etwa alle gleich aus?), sollte es doch klar sein, was er/sie/es tatsächlich damit gemeint hat.

Auch sein Kumpel Mohammed (Mob, wie er sich selbst gerne in den ewigen Sphären nannte), der sich Jahre später die Mühe machte, die Dinge nochmals deutlicher und klarer für die Menschen aufzu-schreiben[3], verzweifelte oft an ihnen.

Einmal sagte er:

„Weißt du Jay, ich glaube manchmal, es ist der Mühe nicht wert. Die binden doch alle ihre Kamele nicht fest! Wie sie uns das Wort im Mund herum-drehen, sich die Tatsachen auslegen, wie sie es ger-ne hätten und sich gegenseitig immer noch die Köpfe einhauen, nur weil sie denken, sie seien das jeweils „richtige" oder „auserwählte" Volk Gottes. Als hätte das erste Buch mit dem zweiten und dem dritten und den ganzen anderen nichts zu tun…"

(Abraham und Moses nickten zustimmend aus dem Hintergrund, Buddha lächelte wissend, wie gewöhn-lich)

„Und wie sie manchmal die Frauen sehen, die Um-welt ausbeuten, die Nächstenliebe völlig falsch ver-stehen und dann dabei noch unglaublich frech be-haupten, es stünde so geschrieben.
Das ist sehr peinlich und wurmt mich ganz schön."

(Alle nickten zustimmend aus dem Hintergrund)

---

3 (eine Heidenarbeit für einen (zu dem Zeitpunkt noch) Analphabeten, das musste man schon zugeben – Mob hatte deshalb den Auftrag zuerst für einen schlechten Witz gehalten)

III Ein wahrhaft teuflischer Plan

Das Kommando Himmelfahrt wurde erst, im Nachgang betrachtet, nötig, als er dummerweise beim Verlassen seines „Grabes" von einigen Uneingeweihten gesehen wurde.

Wenigstens hörten sie ihn nicht fast schon gotteslästerlich fluchen, als er sich den Daumen und den Zeh am zurückrollenden Schließstein fast zerquetschte.

Und sein verständlicherweise albern aussehendes Herumgehüpfe dabei sahen sie zum Glück auch nicht.

Aber er war ja selbst daran schuld, da er nicht bis zur vereinbarten Stunde abwarten konnte und schon vorher hinausging. Eigentlich hätte er wissen sollen, dass er von zu vielen Datteln immer Durchfall bekam und der Geruch in einer geschlossenen Höhle dadurch nicht wirklich besser wurde.

Er konnte ja nicht ahnen, dass es Menschen geben würde, die auch noch am dritten Tag spätabends an seinem Grab weilten.

Glücklicherweise waren die Zuschauer so geschockt[4], dass er schnell in der nicht einsehbaren Senke hinter dem Felsvorsprung verschwinden konnte, um sich dann unentdeckt und leicht humpelnd zum vereinbarten Treffpunkt aufzumachen.

---

4 (obwohl sie alle später Stein und Bein schworen, einem göttlichen Wunder beigewohnt zu haben, und also unmöglich geschockt gewesen sein konnten, sondern vielmehr beseelt)

IV Da kräht doch kein Hahn danach

Um sich zu beruhigen, ging er im Geiste nochmal den soweit schon gelungenen Plan durch, den er mit den anderen entwickelt hatte.

Er war immer noch unglücklich über die Rollen, die sich seine Kumpels selbst zugewiesen hatten.
Vor allem war es ihm höchst unangenehm, dass Petrus und besonders Judas so schlecht dabei wegkommen würden.

Der eine als Verleugner bevor der Hahn drei mal kräht[5], der andere gar als Verräter.

Judas hingegen sah dies als einmalige Chance, seinen Eltern endlich zu entwachsen und es ihnen leichter zu machen, sich von ihm zu distanzieren. Schließlich konnte damals noch kaum jemand mit seinem „Problem" umgehen.

Viel später erst bestand er offen darauf, bei seinem richtigen Namen genannt zu werden.

Naja, schlussendlich ging es ja darum, den dreckigen und stinkigen Römern zu zeigen wo der Hammer hängt, quasi „Römer raus!" zu propagieren und endlich umzusetzen, wenn ihm auch die Spra-

---

5 (darauf waren beide dann doch ziemlich stolz, dass ihnen etwas derart theatralisches eingefallen war)

che seiner Mitstreiter und Mitstreiterinnen dabei manchmal zu arg kriegerisch klang.

Er war aber immer noch etwas sauer auf Herodes, obwohl er ja wusste, dass auch ein „König" wie Herodes (von Roms Gnaden) nur das tat, wozu er verpflichtet war.

Am Ende spielten sie alle nur ihre Rollen.

Leicht lächelnd ließ er nochmal die Szenen seines bisherigen Lebens Revue passieren und musste anhalten, um sich nicht bei der ein oder anderen Begebenheit, die ihm in den Sinn kam, laut lachend zu verraten, so unglaublich, wie das alles manchmal gewesen war.

Er musste sich nochmals vergegenwärtigen, wie diese ganze Chose eigentlich begonnen hatte...

V Neulich bei der Volkszählung

Was er von Mum und Dad erfahren hatte über die Zeit der ersten Schwangerschaft seiner Mutter und den Umständen, wieso, weshalb und warum er in einem Stall inmitten eines Haufen Viehzeugs geboren wurde, unterschied sich maßgeblich von den Aufzeichnungen späterer Erzählungen.

Es war nachgerade wie bei dem Spiel „Stille Post"; das was hinten herauskommt, ist unter Umständen etwas völlig anderes, als das, was am Anfang hineingegeben wurde.

Je nun, er war tatsächlich aufgrund einer Volkszählung in seiner hochschwangeren Mutter, mit Papa Josef, Esel, einigem Werkzeug sowie anderem auf Wanderschaften nützlichem Zeug nach Bethlehem unterwegs.

Mutter war immer noch etwas sauer auf Papa, da der wieder mal diese Reise mit Kundenbesuchen verbinden[6] und erst noch dies und das richten wollte, um loszukönnen.

---

6 „Wieso?, ist doch praktisch. Wir müssen doch sowieso irgendwo übernachten. Da kann ich die ein oder andere Sache abarbeiten, wir wohnen und essen kostenlos und verdienen auch noch unseren Lohn dabei!"

„Natürlich" waren dann alle Herbergen am Ziel ihrer Reise schon voll.

Aber sie liebte ihren Mann sehr und verzieh ihm, denn die vielbeschriebene „Scheune", in der sie schließlich nächtigten, war eher eine Art Gästehaus mit Viehhaltung, quasi auch als Heizung gedacht.

Und da Josef einstmals bei genau diesem Kunden eine sehr raffinierte Erfindung, nämlich den überdachten Abzug, aufs Dach gezimmert und so ganz nebenbei mit dem Restholz Abflussrinnen im Stall installiert hatte, roch es nun eher angenehm nach wärmenden Lebewesen anstatt nach Dung und Mist.

Josef war nun mal einer der geschicktesten Handwerker seiner Zunft und wohlbekannt im Land.

Und trotz der edlen Herkunft (man konnte den Stammbaum seiner Eltern bis zu König David zurückverfolgen), war er ein genügsamer Mensch und Freund des Menschlichen, was ihn noch umso beliebter machte.

Auch Maria war wohlbekannt, durch ihre Güte, ihren Humor und ihren Scharfsinn, dem Josef zwar in nichts nachstand, aber eben auf seine Art.
Die beiden nannten sich immer gerne „das Team, dass den Himmel auf Erden fand".

Endlich war es soweit und die Mutter lag in den Wehen. Glücklicherweise war Josef so beliebt in seiner alten Heimat, dass eine sehr erfahrene Hebamme bestellt werden konnte. Die, so erzählten sie es ihm später, recht erstaunt war, da Jesus seinen ersten Atemzug selbständig machte, ohne dass man ihm den Hintern dafür „versohlen" musste.

Vielleicht, so dachte er manchmal, war es sogar auch genau das, was seinen Weg in dieser Welt „vorherbestimmte", obwohl er sich selbst sehr bewusst war, dass Schicksal immer so eine Sache ist.

Denn das Interessante am Schicksal ist doch, dass man es selbst in der Hand hat und lenken kann, wenn man sich dessen bewusst ist und auch wahrhaftig daran glaubt.

Die Hirten später, die ihrem alten Freund Josef und dessen Frau und dem ersten Kind ihre Aufwartung machen wollten, seien ganz fasziniert von Jesus wachen Augen und seinem aufmerksamen Wesen gewesen.

Die „Engel, die die Geburt des Heiland verkündeten", waren ebenfalls Freunde von früher, die – spontan und noch in ihren Kostümen nach ihrer

Theateraufführung im Gemeindehaus[7] – die frohe Kunde herumsprachen. Denn es war ihnen ja allen bekannt, dass ihr alter Kumpel Josef wieder im Lande seiner Kindheit und Jugend weilte.
Und da sie mächtig begeistert darüber waren, verkündeten sie dies nicht gerade leise, sondern eben mit „Pauken und Trompeten".

Die Hebamme hatte übrigens den überraschten Eltern erklärt, dass es einem „Wunder" gliche, denn vor der Geburt sei das Jungfernhäutchen von Maria noch intakt gewesen.

Josef war das etwas peinlich, er fragte – unter den erstaunten Blicken seiner Frau – ob er denn etwas falsch gemacht habe, aber die Hebamme beschwichtigte ihn, dass ihr das zwar sehr selten, aber keinesfalls noch nie untergekommen sei.

Als dann der Nabel verheilt und alles soweit zur baldigen Abreise gediehen war, bekamen sie noch überraschenden Besuch: Die „drei Weisen aus dem Morgenland", diese entfernten Verwandten der Familie, die hohe Ämter in ihren Ländern bekleideten und sich auch nicht mit Gaben lumpen ließen.

---

7 (es war natürlich viel los zu Zeiten der Volkszählung vor Ort)

Sie betonten immer wieder, wenn ihnen nicht durch ihre Wissenschaften und Kenntnisse bewusst gewesen wäre, dass die gerade zu beobachtende Himmelserscheinung von ihrer Warte aus gesehen quasi genau über ihrem „Stall" leuchtete, sie später als am sechsten Tag des neuen Jahres angekommen wären.

Denn nun, so verkündeten sie feierlich, begänne eine neue Zeitrechnung.

Und das Geburtshoroskop sehe auch höchst interessant aus und man könne Großes von ihm erwarten, er sei wie ein gütiger König, der den Menschen das Reich des Himmels (der Liebe) näherbringen würde.

Da stimmen nun die Aufzeichnungen mit den Tatsachen fast wieder überein, denn es waren nämlich tatsächlich die Gaben Gold, Weihrauch und Möhren (nicht Spargel, wie manche fälschlicherweise behaupteten), und natürlich Myrrhe, denn die Möhren waren ja für das liebe Vieh.

Als dann auch noch ihr Beitrag (nun kam ja zahlenmäßig einer hinzu) zur Volkszählung erledigt war, konnte die Heimreise der jungen Familie beginnen.

Recht bequem sogar, denn dafür hatte die mitreisende Verwandtschaft aus dem Orient gesorgt.

VI Der Kinderzeit sehr bald enteilt

Nach knapp zwei Jahren bekam er noch Geschwister hinzu, gleich mal Zwillinge, in diesem Fall einen Bruder und eine Schwester.

Er liebte sie vom ersten Augenblick an und sie liebten ihn.

Jesus war sehr frühreif und stellte schon in jungen Jahren Fragen, die selbst die Gelehrten erstaunten.

So wurde er als Rabbi auserkoren und war sogar der jüngste Schüler hierfür überhaupt.

Freilich eckte er auch manchmal mit seinem Gerechtigkeitssinn und seiner Faszination für alles Existierende (also auch Häretiker, Ketzer, Ungläubige, Aussätzige, Schlangen usw.) an, denn er propagierte immer wieder: „Alles ist doch von Gott, also ist auch alles auf seine eigene Weise sinnvoll."

Eines Tages – seine Lehre war in so unglaublich kurzer Zeit erfolgreich beendet und die Gelehrten hierzulande mussten sich eingestehen, dass sie ihm nichts weiter beibringen konnten – bot sich ihm die Gelegenheit, bei den Verwandten im Orient den Mystizismus und andere Glaubenslehren studieren zu können.

Und da er aber seit frühester Zeit – wenn es die Studien ermöglichten – ebenfalls das Handwerk seines Vaters erlernte und sich auch dort als überaus geschickt erwies, sodass er, wenn es die Zeit erlaubte, mit dem Vater „auf die Walz" gehen durfte, waren Auslandsaufenthalte kein Problem für ihn, obwohl er noch nie so lange Zeit am Stück von zu Hause weg gewesen war.

Doch es erfreute ihn immer wieder, wie sehr sich dann alles fügte.

Mutter und seine Geschwister[8] waren gut durch die Nachbarschaft versorgt wenn sie fort waren, sodass er immer wieder lächelnd darauf hinwies, wie einfach es doch sei, seine Nächsten zu lieben, schließlich sind alle im Rahmen ihrer Möglichkeiten immer füreinander da.

Mit genügend Fremdsprachenverständnis, seinem Zimmererwerkzeug und anderem auf Reisen nützlichen Kram, machte er sich dann über „sinnvolle Umwege" auf in Richtung Verwandtschaft in den fernen Osten.

Auf seinem Weg konnte er auf viele Kunden, Freunde und wohlwollende Bekannte zählen, da der Ruf der Zimmerei Josef und Co. weithin hallte.

---

8 (es gab nochmals Zwillinge, wiederum Bub und Mädchen, „wir sind halt gesegnet", meinte Mum)

VII Immer geradeaus und dann links

Seine erste Etappe führte ihn, wie mit den Oheimen besprochen, nach Damaskus, dieser uralten Stadt und Schmelztiegel der Menschen.

Er wollte sich dort orientieren und überlegen, wie er weiter vorgehen würde.

„Er habe alle Zeit der Welt und solle das Leben kommen lassen", wie die drei Weisen noch gemeint hatten.

Dort blieb er also einige Zeit und lernte und lehrte an der Schola und verdiente sich etwas zusätzliches Geld mit dem Zimmererwerk, um sich ein gutes Pferd leisten zu können, und er verfeinerte auch seine Sprachkenntnisse.

Unterwegs zu seinem nächsten Ziel – er wollte sich die Reste der Arche anschauen, wie er zwischenzeitlich beschlossen hatte – lernte er Fischer und Flößer kennen und stattete Flöße auch mit klappbaren, leichten und stabilen Masten und Segeln aus, nachdem er sich dachte, dass das doch auch sehr praktisch sei.

Die neuen Freunde, die er dadurch fand, halfen ihm weiter auf seiner Reise.

Der Euphrat brachte ihn dann stromaufwärts (was ja nun wesentlich einfacher ging) fast bis zum Berg Ararat, den er aus den Legenden über die Sintflut kannte.

Ein Samariter, den er in Damaskus als „echten Menschen" kennen- und schätzengelernt hatte, begleitete ihn ein Stück seines Weges.

Später sollte aus ihm und seinen Wohltaten ebenfalls eine Legende werden, aber das wussten die beiden Freunde zu diesem Zeitpunkt noch nicht.

Wobei es ja, wie bei jeder anderen Legende auch, einen wahren Kern dessen gibt, nämlich hier den Durchbruch zwischen dem einen Meer und dem anderen vor langer, langer Zeit, oder eben ein selbstlos hergegebener Mantel und bezahlte Pflege dazu.

Dass es tatsächlich vor dem Dammbruch eine Dauerregenzeit gab, machte es nicht wirklich besser.

Und so stand er mit seinem Pferd, einer uralten Rasse, die schon den Perserkönigen große Dienste geleistet hatte, auf dem heiligen Berg und lernte die Glaubensgemeinschaft der „Erben Noahs" kennen.

Dass sein Pferd ein Urahn der Stuten Mohammeds sein würde, wusste er damals noch nicht.

Aber wenn er es gewusst hätte, hätte er bestimmt gesagt: „na, was für ein Zufall...!"

VIII Die Erben Noahs

Die Erben Noahs waren ein lustiges und interessantes Völkchen, das sich zur Aufgabe gemacht hatte, Gottes Botschaft der Zweibeschaffenheit des Wesentlichen zu ergründen[9].

Logischerweise durch die paarhafte Besetzung der Arche inspiriert, dachten sie sich, dass es wohl Gottes Wille sei, dass alles seinen Gegenpart, seine Gegensätzlichkeit haben müsse, um im Gleichgewicht zu bleiben.

Aber nicht nur Tiere und Menschen, sondern alles der Schöpfung angehörige.

Einige Hardliner meinten sogar, dass in allem Sein beide Merkmale sowie die Übergänge vereint sein müssten, egal, wie „eindeutig" das Geschlecht zu bestimmen sei.

Inspiriert von diesen Gedanken, verließ er einige Zeit später unter gegenseitigen Segenswünschen und um viele neue Erfahrungen und Gedanken reicher den Berg und das Volk wieder und schickte sich an auf dem Tigris nach Bagdad zu reisen, sein Pferd und seine Sachen immer parat.

---

9 (dass dies in östlicheren Kulturkreisen „Dualität" genannt wurde, wurde ihm erst später gewahr)

Und auch bei den Erben Noahs hatte er Freunde gefunden und ließ es sich nicht nehmen, den Sohn des Oberhauptes auf seiner Reise nach dem Berge Sinai – denn dort wollte dieser zur Initiation hinreisen – zu begleiten und zu unterstützen.

Also fügte sich wiederum ein Mosaiksteinchen wie von selbst in sein Leben und in seine Reise.

IX Bagdad, es duftet nach Orient

Die Basare, die Händler, die fremdartigen Tiere, Menschen und Düfte, all dies faszinierte ihn und seinen Begleiter nachhaltig.

Selten hatte Jesus auf seinen damaligen Studien- oder Arbeitsreisen solch eine Pracht und solch ein lebendiges Gewusel erlebt, sein Begleiter schon gar nicht.

Es war eine wahre Freude, ihn, den jungen Sohn des Stammesführers, neugierig auf alles Neue wie ein Kind zugehend, dabei zuzusehen, wie er sich mit allen verstand denen er „sein Herz öffnete". Denn Liebe und Freundschaft benötigen keine Worte, im Gefühl liegt die Wahrheit.

„Selig sind sie, die Kinder," dachte Jesus lächelnd bei sich, „denn sie sind wahrhaft himmlisch reich."

Aber auch er bemerkte, dass er aus dem Staunen kaum herauskam.

Solche Düfte, Farben und Geschmäcker hatte er selten gerochen, gesehen oder verkostet, zumindest nicht in dieser Fülle und Vielfalt.

Es schien fast alles auf diesen Märkten und Basaren zu geben. Die unmöglichsten Dinge wurden da

feilgeboten und sogar einen Fakir lernte er kennen,
der aus dem fernen Indien kam und hier weilte.

Überaus schicksalhaft und Jesus darin bestätigend,
auf dem richtigen Weg zu sein, war die Tatsache,
dass der Fakir ein guter Freund seines eigenen
Oheims war, der als einer der drei Weisen aus dem
Morgenland später weltweit Bekanntheit erlangte.

Von ihm erfuhr er auch vom spirituellen Fasten
und vom meditativen Einstellen auf eine Aufgabe,
eine Frage, eine Antwort, eine Reise[10].

Den Geist frei machen von Verlangen und Not, frei
von (Sehn)Süchten und Angst, also wahrer Ver-
zicht und schlussendlich die Frage, „Was ist wirklich wichtig?", „Was braucht es jetzt?"

Auch neue Schriften und Zahlen lernte er kennen.

Er war fasziniert von der „Zahl" Null und nahm sich
vor, diese zukünftig häufiger zu gebrauchen, war
das Hantieren mit diesen Zahlen doch wesentlich
einfacher als mit den Zahlen der Römer, die er von
zu Hause her kannte.

---

10 („die immer mit dem ersten Schritt beginnt", wie er
gerne erwähnte)

Doch die Zeit eilte voran und sie wollten rechtzeitig zum richtigen Sonnenstand am Berge Sinai eintreffen, um der Initiation des zukünftigen Oberhauptes der Erben Noahs das krönende i-Tüpfelchen aufzusetzen.

Schließlich konnte man nur ein einziges Mal im Jahr und dazu noch in einem exorbitant kleinen Zeitfenster das Wunder des brennenden Dornbusches überhaupt erfahren.

Nun hieß es Abschied nehmen von Bagdad und seinen Eindrücken und Erkenntnissen, die Jesus sich vornahm zu verinnerlichen auf seiner weiteren Reise.

Schnell war ein Schiff gefunden und schnell ging es den Tigris stromabwärts zum Hafen am persischen Golf.

10 Gebote, Moses, Aaron und der brennende Dornbusch

So eine Fahrt auf See ist noch mal was ganz anderes als eine Fahrt auf einem Fluss wie dem Euphrat oder dem Tigris, wie beide Reisenden zuerst leidgeprüft erfahren mussten.

Es wurde inbrünstig zu Gott gebetet, bis sich der Smutje erbarmte und beide mit zitroniertem Reis aufpäppelte und ihnen den Trick des „stehend ausgleichenden Schwankens" erläuterte.

Wie es der Zufall wollte, waren sie in einer illustren Gesellschaft aus Sternendeutern, Astronomen, Naturwissenschaftlern und Philosophen gelandet, sodass die restliche Fahrt, mit dem ein oder anderen interessanten Landausflug, zügiger voranzuschreiten schien, als es der Lauf der Zeit erkennen ließ.

Er erkannte bei den Landgängen, auch die Römer hatten ihre zwei Seiten, ihren „Januskopf".

Zum Einen bauten sie befestigte Straßen, Häuser und sanitäre Einrichtungen und gründeten Schulen, und auf der anderen Seite setzten sie strikt ihre Gesetze um und misstrauten dem einen Gott, wie sie uns (und damit zwangsläufig auch sich selbst) misstrauten.

Der Erbe Noahs derweil verstand sich prächtig vor allem mit den Philosophen, die begeistert seinen Ausführungen lauschten und ihn mit ihren Weisheiten und Ansichten ergänzten oder freundschaftlich in andere Richtungen denkend wiesen.

Jesus selbst war oft zugegen aber ebenso oft auch alleine die Praktiken übend, die sein Yogi in Bagdad ihm nähergebracht hatte.

Gemeinsam lernten sie durch die Anwesenden Sterne und Karten zu lesen, sich anhand von „Zaubersteinen" (später sollte er das Wort „Magnetismus" hierzu kennenlernen) auch ohne Sterne zu orientieren und „Zeichen" am Himmel, an Land und zu Wasser zu erkennen.

Wen wunderte es, als sich herausstellte, dass mehrere aus der illustren Gesellschaft auch die anderen Oheime Jesus kannten, bzw. diese ihnen bekannt waren.

Erst jetzt verstand er zur Gänze, warum man diese drei Gelehrten, die doch entfernte Oheime von ihm waren, „die drei Weisen" nannte und beschloss, noch vor dem nächsten Hafen, Briefe an diese zu verfassen, um seine Eindrücke zu verschriftlichen und sie ab jetzt regelmäßig über die aktuellen Entwicklungen und Ziele, die seine Reise einnahm, zu unterrichten.

Viel zitronierten Reis später[11], kamen sie endlich und rechtzeitig zu dem Berge Sinai, stellten ihre Pferde und das Gepäck in der Herberge „Zum Goldenen Reiter" ab, und hatten sogar noch die Zeit, sich umzuschauen und das Grab Aarons und den Abdeckstein, den Moses entzwei brach, anzuschauen.

Moses!, Aaron!

Neben Adam, Eva, Kain, Abel, Noah, Abraham, Ruth, Esther und wie sie alle hießen, unglaublich wichtige Figuren ihres gemeinsamen Glaubens. Und sie standen direkt dort, wo einer begraben lag und beide gewirkt hatten.

Donnerwetter!, das hätte er zu Beginn seiner Reise dann doch nicht geglaubt, sinnierte er lächelnd.

Viele unterschiedliche Menschen und Gruppen pilgerten um diese Zeit zum Berge Sinai, da sich das „Wunder" des brennenden Dornbusches weit herum gesprochen hatte.

Schließlich war die abrahamitisch-mosäische Religion einer der ersten monotheistischen Religionen, und das wollte was heißen unter all den ägypti-

---

11 (es ging zwar, aber er nannte sich selbst lieber einen „Menschenfischer" als einen Fischefischer)

schen, römischen, griechischen, babylonischen usw. Einflüssen.

Noch viel mehr Trara aber machten die „Jünger der Lade", die für sich selbst beanspruchten, die wahren Abkömmlinge der Stämme Israels darzustellen, da ihnen die Aufbewahrung der Gesetzestafeln Gottes (später bekannt als die 10 Gebote) oblag.

Sie ignorierten das hartnäckige Gerücht, dass Mose höchstselbst die 40 Tage auf dem Berg auch damit zubrachte, diese Gebote des friedlichen Miteinanders – quasi im offenen Diskurs mit Gott – zu verfassen, da er die Schnauze gestrichen voll gehabt haben soll, als die Menschen, die er mit Gottes Hilfe aus ägyptischer Knechtschaft befreite, in ihre alten Muster zurückfielen[12] und wieder goldene Kälber, Mammon und anderen Mist anbeteten.

Dennoch waren auch sie – überzeugt davon den „richtigen" Glauben zu haben – immer noch offen und zugänglich, verneinten aber grundsätzlich jede Frage nach der Lade, ihrer „Macht" und deren aktuellem Aufenthalt.

„Erst wenn der Vorhang zerreißt und fällt, wirst Du es verstehen", murmelten sie dann unentwegt als merkwürdige Antwort.

---

12 (wie er aus der Ferne erstaunt und immer saurer werdend gesehen hatte)

Alle Arten von Gläubigen waren da, einer der ersten Wallfahrtsorte der Geschichte und sie waren mittendrin.

Der fantastische Wahnsinn.
Welch ein Gefühl.
Herrlich!

Sogar eine Reisegruppe aus der Heimat fand sich überraschend. Als reine Frauengesellschaft wollten sie dann doch für sich sein, aber eine, die sich als Maria vorstellte (was er witzig fand) und sich gut mit ihm unterhielt, wollte er im Herzen behalten.

Der Erbe Noahs und er stiegen in der Nacht zum besagten Tag frühmorgens zum Berg hinauf, wie viele andere auch.

Es war erstaunlich kühl, ja sogar richtiggehend kalt, sodass er froh war den Rat ihres Herbergsvaters Hehjhehj beherzigt zu haben und für sie beide Decken mitgenommen hatte.

Das Schauspiel, dass sich ihnen später oben darbot und alle Mühen vergessen ließ, also der Sonnenaufgang und die Lichtspiele auf den Dornbüschen, sodass sie, aus einem bestimmten Winkel heraus betrachtet so aussahen, als würden sie tatsächlich in Flammen stehen und die ehrfürchtige, gläubige

Stille, ließen nicht nur ihnen beiden die Wangen feucht werden.

Jesus in seiner Funktion als Rabbiner verfasste später gemeinsam mit dem „der Wächter" genannten Mann auf dem Berggipfel die Urkunde zur Initiation des Erben Noahs, und Jesu und viele Anwesenden, darunter auch die Reisegruppe um Maria, bezeugten es. Denn es war nicht nur bei den Erben Noahs Brauch, als junger Mensch zum Berge Gottes zu pilgern.

Da es üblich war, dass nach dem Initiationsritus jeder Initiierte alleine die Heimreise beginnen sollte[13], schifften sich Jesus und sein nun ebenfalls initiierter Freund nach einer innigen Verabschiedung in unterschiedlichen Richtungen ein und Maria wurde gleich mit einbezogen.

Jesus wollte nun endlich die drei Weisen aus dem Orient, seine entfernten Oheime, besuchen, während Maria und sein junger Freund die meisten Etappen ihrer Heimreise gemeinsam begingen würden und so gute Freunde mit gutem Briefkontakt wurden, was sich dann noch als sehr nützlich erweisen würde.

Aber das wusste Jesus damals noch nicht.

---

13 (was unterwegs getroffene Vereinbarungen und dann z.B. Anschluss an eine Reisegruppe nicht betraf)

11 Jetzt mal Buddha bei die Fische!

Indien.

Nepal.

China.

Hindu.

Buddha.

Zen.

Tao.

Erleuchtung.

So klang es in seinem Kopf und so machte er sich nun endlich auf in die Länder seiner Oheime, um durch sie in die Mysterien des Orients eingewiesen zu werden.

Die drei Weisen begrüßten dies[14], doch „er solle sich ruhig Zeit lassen und weiter seinem Herzen folgen."

Der Ort an der Mündung des Indus, den man heute als Karachi kennt, war also sein nächstes Ziel.

Durch die permanenten Übungen, die ihn der Yogi aus Bagdad gelehrt hatte, war die Überfahrt nun wesentlich entspannter für ihn. Und auch hier erwies sich das Schicksal als wohlmeinend, da er einen ehemaligen Schüler eben dieses Yogi auf der

---

14 (die Flugpost funktionierte von jedem Standort aus)

Überfahrt deswegen kennenlernte und mit ihm seine Studien und Kenntnisse vertiefen konnte.

Des Weiteren, so stellte sich heraus, sei es eine besondere Ehre, von diesem Yogi unterrichtet worden zu sein, vor allem als „Fremder", sodass sein neuer Freund Kontakte zu weiteren Freunden herstellen wollte, die Jesus Orte und Menschen zeigen würden, die wichtig für ihn sein könnten.

Und er erzählte ihm von seinem Heimatland, hoch oben auf dem „Dach der Welt", dem Himalaya, der so hoch sei, dass er über die Wolken hinausragte und erklärte ihm den Buddhismus, den Hinduismus so gut er es vermochte.

Wie mutig dieser Königssohn doch gewesen sein muss und wie sehr er an das geglaubt hat, was ihn antrieb, sodass er Stellung und Haus und Hof aufgab, um zur Erleuchtung zu gelangen, um schlussendlich ins Nirwana einzutreten.

Wie sehr er sich wohl heutzutage wundern würde, würde er sehen, dass er damit eine Weltreligion gegründet hatte, fragte sich Jesus oft.

Und auch die Liebe zum Schachspiel war den beiden Seereisenden zu eigen.

„Der einzige „Krieg" den ich mir erlaube", pflegte sein Begleiter stets dabei zu betonen.

Eine besondere Gabe für die Seefahrt, so stellte sich heraus, besaß Jesus dennoch, auch wenn es nie seine liebste Art zu reisen werden würde.

Als er eines Tages der Crew beim Proviantfischen zur Hand ging, brauchte er nur kurz das Netz auswerfen, egal in welchem Fanggrund und wann, es war flugs voll mit haargenau der Menge und Art an Beute, die sie sich erhofft hatten.

Manche Seeleute raunten sogar ehrfürchtig, er könne scheinbar irgendwie die Fische vermehren und andere ergänzten lachend, „jaja, und Wasser zu Wein machen kann er wohl auch!"

Er wiederum dachte daran, dass er sich vorher einfach nur bei den Fischen und Meerestieren bedankt hatte dafür, dass sie sich von ihm fangen und (um des Lebens Willen) verspeisen lassen würden und daran glaubte, dass sie ihm glaubten.

Das Ende der Fahrt nahte, die Mannschaft, ganz ergriffen von der Offenherzigkeit, Wärme und seinem Humor, baten Jesus darum, dass er in seiner

Funktion als Rabbiner ihr Schiff segnen möge, dem er sehr gerne nachkam.

Was ihn bestimmt gefreut hätte damals schon zu wissen, nämlich dass das Schiff, die Menschen und die Fracht seither stets wohlbehalten und gesund immer dort und pünktlich angekommen sind wo es hingehen sollte, sei nur am Rande erwähnt.

So schiffte er sich mit seinem neuen Freund im Hafen aus und es begann ein weiteres Kapitel seiner Reise.

Die Oheime derweil, stets über seine Schritte informiert, sahen wohlwollend den Entwicklungen zu.

„Denn nichts lehrt besser als das Leben selbst und die Entscheidungen, die man dabei trifft."

12 Weile Weile ohne Eile

Jesus war nun im 20sten Lebensjahr (XX in römisch), er liebte diese „neue" Zahl.

Wie anders doch die Menschen in Indien aussahen.

Ganz anders als die Stämme Israels, die Araber oder die Ägypter, sogar anders als die Römer, die von vorneherein ja schon auch untereinander unterschiedlich waren.

Doch es waren Menschen, eindeutig.

Sie liebten, sie lachten, sie stritten, sie hofften, sie machten, sie beteten, sie schacherten und feilschten.

Sie lebten und sie starben.

Und auch dafür hatten sie ihre eigenen Riten und Gebräuche.

Sein neuer Begleiter derweil, hatte für Unterkunft und auch dafür gesorgt, dass Jesus sich mit dem sogenannten „Kastenprinzip" vertraut machen konnte.

Vieles leuchtete ihm dabei ein, doch der immerwährende Zwang, in ein und der selben Kaste hineingeboren zu werden, war ihm zu suspekt, als dass es sich mit den Lehren Buddhas, die er bereits zu verinnerlichen begann, vereinbaren ließe.

Er hielt nichts von Einteilungen der Menschen in Güteklassen und er hatte kein Problem, die „Unberührbaren" zu berühren und Umgang mit ihnen zu pflegen.

Sein Ruf als jüngster und sehr kluger Rabbiner war ihm bis hierher vorausgeeilt, sodass dieses eigentliche Tabu bei ihm nicht als solches betrachtet werden musste, denn „man sah es diesem Gläubigen Ausländer nach", und scheinbar half diese Zuwendung den Betroffenen auf eine Art, die sie sich nicht erklären konnten.

Da war es auch, als er das erste Mal von Brahmanen und den Veden hörte.

So beschloss er, da sein Freund Antworten auf seine eigenen Anfragen erst in einiger Zeit erwarten könne, sich dem Studium der Veden zu widmen.

Wie sich herausstellte, denn das hatten sie vor ihm absichtlich geheim gehalten, war der Dekan der Schola einer der drei weisen Oheime!

Er erlaubte Jesus den Einlass in jedweden Bereich der Bibliothek, auch dem verbotenen, sodass ihm eine unermessliche Quelle von Wissen zur Verfügung stand.

Auf die Frage hin, warum der Oheim ihn nicht gleich in die Schola eingeladen und auf sich aufmerksam gemacht hatte, antwortete er:

„Du konntest erst hierher kommen, wenn du bereit dafür warst."

Als er nach wochenlangen Studium, beinahe zeitgleich mit dem Eintreffen der ersten Antworten auf ihre Anfragen, auch die Upanishaden durchdrungen hatte, wie es seine Freunde und Gönner gerne bezeichneten, ergab sich für Jesus folgendes Bild:

- Es existiert eine Wirklichkeit „hinter" der Wirklichkeit (= Schöpfung bzw. Schöpfer).
- Diese Wirklichkeit ist auch in uns selbst zu finden.
- Die eigenen Gedanken und Handlungen bestimmen das persönliche Sein; man wird zu dem, womit man sich identifiziert – was man (über sich selbst) denkt.
- Nur die Akzeptanz dessen führt zu innerem Frieden und Freiheit.

Also auch hier fand er wieder, was er selbst schon gedacht oder zumindest geahnt hatte.
Etwas handwerklicher ausgedrückt:

Der Mensch ist seines eigenen Schicksals, seines eigenen Glückes Schmied.

Schmiede das Eisen, solange es noch heiß ist.

Ergreife die von dir selbst erschaffenen Möglichkeiten, die durch die „Fügungen des Schicksals" dir „zufällig" zufallen.

Erkenne dies als bewusste Chance dein Leben selbst zu bestimmen.

Du selbst hast es in der Hand, in einem grenzenlosen Sein, das keinen Anfang und kein Ende hat.

Das Wissen und die Macht hierfür sind in uns allen selbst zu finden.

Gut auch für den „Tempel der Seele" war, dass die Studien einen großen Fokus auf die Körperempfindung und die Beherrschung derselben legten, sodass Jesus auch, neben den weiteren Yogi-Praktiken, in die Geheimnisse der fried- aber wirkungsvollen Praxis der Selbstverteidigung eingewiesen wurde, was sich später – obwohl ganz anders als gedacht – noch einmal als sehr nützlich erweisen würde.

Eines Tages dann, die langersehnte Antwort auf eine besondere Anfrage war eingetroffen, schickten sie sich an den Indus hinauf ins sagenumwobene Karakorum zu reisen, um den Tempel der Bewussten Einkehr zu besuchen.

Und dort sollte seine Reise erst richtig beginnen...

13 Indus, wir danken dir!

Der Indus war schon teilweise mächtiger als Euphrat oder Tigris, und er führte durch ein Land der Elefanten, der Tiger, der Maharadschas, der Dschungel, der Natur, die seinesgleichen suchte.

Und immer neue Fragen stellende Herausforderungen durch den mitreisenden Freund und Gönner, sowie die Patronatsschaft der Oheime in Briefform, machten die Reise auch zu einer Reise zu sich selbst.

Jesus war da, einfach nur da im Hier und Jetzt.

Jeden Augenblick bewusst wahrnehmend und verinnerlichend, dass er selbst derjenige war, dem er diesen Augenblick zu verdanken hatte, stets dabei unser aller Schöpfer dankend, dessen schöpfende Teile wir alle sind.

„Panta rhei. Alles ist im fluss und alles ist im Fluss", dachte er sich. „Wie recht sie doch damit haben."

So wie der Nil in Ägypten, als auch die Flüsse seiner Heimat, oder aber die zwei Ströme Mesopotamiens, die wohlbereisten Euphrat und Tigris, war auch hier das Wasser der Quell, an dem sich Menschen niederließen und Gemeinschaften, Städte und Kulturen entstanden.

Paläste oder arme Hütten, Feudale oder Knechte, alles war an den Ufern präsent.

So verschieden über jeden weiteren Flusskilometer, und doch im Kern so gleich, dachte er bei sich.

Auch die Landschaft änderte sich nach und nach, was auch Einfluss auf die Kleidung, die Dialekte und Gebräuche hatte, wie Jesus und sein Begleiter aufmerksam verfolgten, dem einen erkennend, dem anderen bekannt.

Das Kastensystem fand er ungerecht, die Idee der karmischen Wiedergeburt kam ihm allerdings ein wenig entgegen.

Es hatte etwas für sich, wenn man von dem Begriff „Schuld" absah, sich darüber Gedanken zu machen, wie sehr es möglich ist, durch sein Leben Einfluss auf ein anderes Leben zu nehmen, sogar das eigene, sogar in allen Zeiten.

Nicht aber dabei der Hoffnung eines nächsten, „besseren" Lebens folgend, sondern im Hier und Jetzt dafür zu sorgen, „ein guter Mensch zu sein."

Und da sich dies auch wunderbar mit dem Buddhismus vereinbaren ließ, konnte er dem vieles abgewinnen.

14 Mönchlicher Atem

Seinem Pferd schien die zunehmende Höhe nichts auszumachen, seinem Freund und den anderen Begleitern ebensowenig.

Die heiligen Berge Sinai und Ararat waren ja schon hoch gewesen, aber das, und es sollte noch höher werden können, wie Jesu später erfuhr, waren wirklich und wahrhaftig die Gipfel der Welt.

Wenn das die alten Griechen hätten sehen können!

Trotz aller Bemühungen der Anpassung, auch durch Yogi-Praktiken, gelang es Jesus nicht zur Gänze.

Bis er eines Tages einen jungen Mönch, dem er zuvor schon halb unbewusst über den Weg gelaufen war, erneut traf.

Dieser, karg bekleidet und eigentlich frieren müssend, antwortete ihm auf seine dahingehende Frage einfach; „das hat alles nur mit der Atmung zu tun."

„Wir werden geatmet", fuhr er fort, „man muss sich dem nur öffnen."

Er bat um Erlaubnis, Jesus berühren zu dürfen und drücke ihm danach sanft seine warmen Hände an den Rücken und die Brust und zeigte es ihm.

„Wir reinigen uns selbst mit unserem Atem, tauschen Energie aus und werden Ballast los. Wir empfangen Lebendigkeit und geben Lebendigkeit zurück. Das ist der Kreis des Lebens."

Man selbst könne die Luft, den eigenen Atem bewusst zu jeder noch so winzigen Region des Körpers lenken, um damit Energie dahin zu transportieren wo sie gebraucht wird, unter anderem auch dafür, dass es einem warm bleibt.

Die Idee der kleinsten Energiepartikel, die man überall im eigenen Körper hinsenden kann, erinnerte Jesus später an die „Atome", wie sie die Griechen nannten. Ein überaus kluger Ansatz, wie sich später noch herausstellen sollte.

Höher und höher ging es, die Pferde hatten sie gut untergebracht, denn der Rest der Reise, so der Brauch, sollte zu Fuß und mit verbundenen Augen (unter Führung) begangen werden.

Nach einer weiteren Lektion in Sachen Vertrauen, erreichten sie sicher und wohlbehalten die Tore des Tempels.

15 Der Tempel der Bewussten Einkehr

Es hieß, hier solle jeder Suchende auch etwas über sich selbst finden und er war sehr gespannt darauf, was das genau zu bedeuten hatte.

So standen sie nun vor den riesigen Toren des Tempels und begehrten Einlass.

Doch es war solch ein großer Andrang, dass sie sich sogar eintragen mussten in eine Liste, um dann in der Nähe auf den Aufruf zu warten.

„Es gehe fair zu und sie könnten sich gerne umschauen", hieß es, „ein weiteres großes Mysterium sei der berühmte Bergmensch, der Yeti genannt und als heiliges Wesen verehrt würde."

„Sie hätten ungefähr soundsoviel Zeit, also hier wären ihre Belege bitteschön."

Etwas überwältigt und recht planlos standen die beiden Reisenden und Suchenden (Findenden) nun da. Sie überlegten aber nicht lange, und, kurz nachdem sie das Aufruf- und Reihenfolgesystem verstanden und sich orientiert hatten, zogen sie los, um die Umgebung zu erkunden.

Was Jesus alsbald bemerkte, war, dass die Symbolik an, in und um den Tempel herum sehr aussagekräftig und „kommunikativ" war.

Der „Lebensknoten" faszinierte ihn besonders: kein Anfang, kein Ende.

Nur bei der Swastika musste er kurz erschauern, als er das Zeichen spätabends rabenschwarz im Mondlicht auf dem rötlich schimmernden Seewasser gespiegelt sah.

Jesus, der sich am nächsten Morgen nicht anders zu helfen wusste, als in der Nähe ihres Nachtlagers in die Büsche zu gehen, bemerkte, dass sich dort wohl ebenfalls jemand, oder eher gesagt, etwas, erleichtert hatte. Denn solch eine enorme Fläche gelben Schnees auf einmal hatte er noch nicht gesehen.

Sie schien sogar ein Muster zu haben.

Er beschloss spontan, seine Blase war schmerzhaft gefüllt, das Wort „Friede" in der Sprache des Landes zu pinkeln, und, wenn er es schaffte, ein schwungvolles „Schalom" hinterher.

Er schaffte es.

Hätte er Yetisch lesen können, hätte er bemerkt, dass die Botschaft neben seiner „Friede sei mit euch und den Menschen sei ein Wohlgefallen" lautete, und seine (unbewusste) Antwort darauf genau die richtige war.

16 Der Schlüssel zur Geschichte

Hätte Jesus damals lieber nicht hineingeschaut in diese Aufzeichnungen, dann wäre es ihm nicht so klar gewesen, worauf dies alles hinauslief.

Auf sein Ende, aber auch das Ende des römischen Einflusses und der Herrschaft der falsch-Frommen.

Sein Königreich komme.

Egal mit welchen Tricks.

Jesus sollte zeitlebens damit immer etwas hadern.

Allerdings, ohne dieses Vorwissen hätte es später niemals das fingierte Sterben am Kreuz und das doch überraschend geplante Himmelfahrtkommando geben können[15].

Später am Tag dann ging es doch recht plötzlich, ihre Namen wurden aufgerufen, alle möglichen Informationen zu den Geburtsdaten verglichen und weitergeleitet und beide anschließend in unterschiedliche Richtungen zu ihren persönlichen Schriftrollen geleitet.

---

15 (nicht alles steht im Tempel der Bewussten Einkehr)

Jesus las stundenlang in der für ihn bestimmten von einer Geburt unter einem guten Stern, von Liebe und Glaube, die fest verankerte Wesenszüge seien, von Güte und Weisheit, aber auch peitschenschwingend, wo es nötig sei.

Er sah nach und nach die drei Weisen und erkannte die Verflochtenheit ihrer aller Sein, denn es war jetzt klar, wie und warum sie damals rechtzeitig zu seinem Geburtsort gelangen konnten.

Alle drei mussten ebenfalls schon einmal hier gewesen sein.

Er sah fast die Bilder seiner Reise, die Fügungen und Menschen, die ihn seither bis hierher an diesen Ort geführt hatten.

An den Ort, an dem seine Reise erst richtig begann, denn nun hatte er ein Ziel und eine Zeit, auf die er sich vorbereiten konnte.

An so etwas wie eine „Gefolgstruppe" hatte er gar nicht gedacht, und auch „netzwerken" war ihm so noch nicht in den Sinn gekommen.

Die Botschaft, die er den Menschen näher bringen würde, war einfach und „von Gott":

Liebe Deinen Nächsten wie Dich Selbst.

„Und wenn man etwas tricksen muss, um die Massen zu erreichen, dann muss mir jedes friedfertige und sinnfällige Mittel dazu recht sein", dachte er in Folge immer häufiger.

Er war aber noch lange nicht fertig mit seiner Reise, dem Erlangen von Erkenntnis und Weisheit, sowie der ein oder anderen (Körper)Praktik, die das Leben einfacher machen konnte.

Sein Freund und Begleiter, der ebenfalls Stillschweigen über seine eigenen Erkenntnisse halten musste, war sichtlich vom soeben Erfahrenen ergriffen und entbot sich, ihm eine Mitreisegelegenheit in Richtung Nepal zu organisieren, da ja Jesus anderer Oheim am dortigen Hofe hoher Beamter war.

Sein Begleiter, beflügelt von seinen neuen Erkenntnissen über sich und die Welt, wollte sich, nachdem sie die Berge überquert hätten, einer bestimmten Gruppe anschließen, um dann naturverbundenes Wissen bei den Nomadenvölkern zu studieren und in mehreren Sprachen ein Buch darüber zu verfassen.

Es wurde ein weiterhin bekannter Allmanach.

„Wissen muss bewahrt, vermehrt und auch weitergegeben werden", wie er gerne zu sagen pflegte.

Hocherfreut von dieser Ankündigung und zurück
bei den Pferden, verlebten sie noch einige disku-
tier- und meditierfreudige Tage und dann wurde es
für Ross und Reiter Zeit, von dieser Gegend Abschied zu nehmen.

17 Viva Nepal!

Und wieder waren es die Ströme des Lebens und seine Flüsse, die ihn näher an sein neues Ziel bringen würden.

Über das Hochland von Tibet, welches auf der anderen Seite des Himalaya war, mit seinen Grenzen zu China, Nepal und dem besonders geheimnisvollen Königreich Bhutan, wusste er so gut wie nichts.

In dieser Gegend sollte sogar der höchste Berg der Welt zu sehen sein.

Der Sagarmatha, Quomolangma oder Zhumulangma Feng, wie er dann auf hochchinesisch hieß.

Es war, als würde er eine neue Welt jenseits dieses Gebirges betreten.

Freilich, religiöse Überschneidungen mit dem Buddhismus, dem Hinduismus und den Veden gab es wohl schon, schließlich sei Siddhartha Gautama (der Begründer des Buddhismus) im Lande Nepal geboren und Jesus hatte begriffen, dass jede Religion immer auch speziell in die kulturellen Besonderheiten eingeflochten wird, ohne dabei den Kern derselben zu verzerren.

Dies waren manchmal Ergänzungen, oder auch Fokussierungen auf einzelne Bestandteil der Glaubenssätze.

So konnte man auch die Bön-Religion verstehen, die sich lange vor Jesus Geburt dort etabliert hatte.

Später würde sie, dass wusste er zu diesem Zeitpunkt aber noch nicht, den Buddhismus ergänzen, bzw. diese beiden Glaubenslehren würden sich gegenseitig wechselseitig beeinflussen.

„Wenn schon, dann eine sich lebendig entwickelnde Religion", dachte Jesus bei sich, „und eine Weltanschauung, die es nicht nötig hatte jemand anderen oder einen omnipotenten Gott dafür verantwortlich zu machen, wie das eigene Leben verläuft."

Diese Ideen kamen ihm dabei gerade recht.

18 Ruhige Mönche und ein leiser Weiser

Bereits von weitem und bei klarer Sicht konnte man immer wieder den majestätischen höchsten Gipfel der Welt sehen.

Wie ein verschneiter Leuchtturm und Willkommensgruß stand er dort.

Ein Gruß und eine Einladung, zu seinen Füßen zu weilen und die Geheimnisse des Universums zu ergründen.

Der Prophet kam also zum Berg und der Berg zum Propheten.

Denn wo sonst war etwas sichtbar erhabeneres vorhanden, um Gottes Schöpferpracht gewahr zu werden?

Nach Wochen, sie waren seit einiger Zeit mit orts- und geländekundigen Führern, auch Sherpas genannt, unterwegs, der Berg riesig vor ihnen aufragend, kamen sie am nächsten Ziel seiner Reise an.

Ein Sherpa, mit dem er sich angefreundet und von dem er vieles über dessen Sitten und Gebräuche erfuhr, stellte sich übrigens zufälligerweise viele Jahrhunderte später als Vorfahr eben jenes legendären Sherpas heraus, dem mit seinem neuseeländischen Freund die erstbekannte Besteigung dieses höchsten Berges der Welt gelang.

Er war es auch, der Jesus auf die Besonderheit dieses Ortes aufmerksam machte, also die Tradition, nur zu sprechen, wenn es wirklich Sinn machte, sodass viele Dinge in Stille und stiller Einkehr vonstatten gehen konnten, und so jeder schneller seinen persönlichen Zielen näher kam.

Es galt, sich meditativ in sich selbst zu versenken, um sinnvolle Fragen formulieren zu können, auf die eine Antwort für alles Dasein Sinn machen würde.

Dies bedeutete, dass ausschließlich Fragen gestellt werden sollten, auf die dann auch fragend geantwortet wurde.

Ebenfalls führe dies dazu, dass die nicht-sprechende (fühlende) Kommunikation dadurch feiner werden könne. Die Empathie für den Augenblick genüge, um sich sinnvoll ausdrücken zu können, wie ihm der dortige Lama, sein Oheim, in Frageform erklärte, sodass Jesus erste Antworten in sich aufsteigen spürte.

Nachdem er sich gemütlich in seiner bescheidenen Kammer eingerichtet hatte – er brauchte nie viel, um glücklich zu sein und sich versorgt zu wissen – erkundete er die Umgebung, die Gebäude und die Menschen.

Die Stille in ihm selbst kam ihm zu Beginn sehr laut vor.

19 Das Geheimnis der Stille

Andere Länder, andere Sitten und andere Sprachen und Schriften.

Geübt darin, Sprache an sich schnell zu erfassen, manchmal einfach nur durch permanentes Hinhören und Vergleichen, stand Jesus nun vor einem neuen Problem.

Sprache und Symbolik mussten erlernt und verstanden werden, um in der Bibliothek die Schriften lesen und durchdringen zu können.

Ein einzig unbedacht überlesener Strich machte unter Umständen einen ganz anderen Sinn im Kontext, sodass Schreiben (wie auch in China, wie er später erkennen würde) als wahre Kunstform der Kommunikation angesehen wurde.

Er fand aber nicht nur Bücher zu religiösen Themen, sondern auch Schriften, die sich mit Naturmedizin und lebendigen Körpern und deren innerer Abläufe beschäftigten.

Sogar Aufzeichnungen über den Taoismus und Konfuzius und Lao Tse waren zu finden, denen er nach Hinweisen aus anderen Büchern nachstöberte.

Doch diese wiederum waren in einer anderen Sprache verfasst, die Jesus erst ebenfalls erlernen und durchdringen wollte, eher er sich diesen widmete.

Sogar Kochbücher, medizinische Heilpraktiken in der Eigenanwendung, Yogi-Weisheiten, Landkarten, Gesetzesbücher, Kräuterkunde, Kriegskunst (wieso nicht Friedenskunst?), Baukunst und vieles mehr waren in dieser unglaublich umfangreichen Ansammlung von Wissen vorhanden.

Sogar ein Buch mit dem Titel „die Axt im Haus erspart den Zimmermann", was ihn sehr amüsierte.

Da von vorneherein klar gewesen war, dass dies wohl ein längerer Aufenthalt werden würde, seine Eltern zuhause und die anderen Oheime in der Ferne – und auch Maria und seine Reisefreunde, denen er ebenfalls schrieb – wohlinformiert waren, richtete er sich auf ein umfangreiches und umfassendes Studium ein.

Vielleicht, so dachte er irgendwann im Verlaufe dessen, könnte er ja die wichtigsten Eindrücke und Weisheiten selbst zusammenfassen und festhalten, sodass, sollte es Verbreitung finden, irgendwann jeder Mensch davon partizipieren konnte.

Doch dazu musste er sich die Erlaubnis des Lamas, seines Oheims, einholen, denn er wollte Mönche beauftragen, die ihm bei seinem Vorhaben in ihren Sprachen unterstützen sollten, damit die hoffentlich irgendwann einsetzende Verbreitung sprachlich quasi „niedrigschwellig" sei.

Nach zweckgebundener Fragekommunikation kamen die Dinge in aller Ruhe so langsam ins Rollen.

Das Geheimnis der Stille war einfach, man hörte nur sich selbst.

Und wenn man genau hinhörte, hörte man auch den Einen in sich, der ewig und der die Quelle war, ist und sein wird.

Als Jesus, vor ewigen Zeiten – so kam es ihm manchmal vor – seinen ersten Yogi und dessen Philosophie kennengelernt hatte, war es zu Beginn der Meditationen immer etwas schwierig gewesen, die vielen Stimmen in seinem Kopf auszublenden und den Stimmen aus dem Herzen und aus dem Bauch Aufmerksamkeit zu schenken, die sonst kaum Gehör fanden, erinnerte er sich.

Im Laufe der Zeit ging er dann nämlich dazu über, seine eigene Religion, und da konnte er als gelehrter Rabbiner durchaus mitreden, in Einklang mit den anderen Weltanschauungen zu bringen und die Gemeinsamkeiten hervorzuheben.

Denn schließlich ging es ihm stets darum die Menschen zu einen, aber nicht in ihrem Glauben an einen alles für sie selbst regelnden Gott, sondern an den Glauben, eben selbst „fleischgewordene Götter und Göttinnen" geworden zu sein, die sich ihre Leben selbst erschaffen können.

20 Im Lande des Glücks

Jesus lernte schnell, er war still, sie kamen gut voran.

Verständigungsprobleme einzelner Textstellen konnten durch geschickte Fragestellungen aufgelöst werden, sodass das Werk (die Werke) langsam Form und Struktur erhielt.

Die Kunde dieses edlen Vorhabens erreichte auch alsbald das sonst recht abgeschottet lebende Bhutan, und – so erstaunlich dies auch für den Lama und die Mönche war – sie wollten Jesus einladen, um ihren Beitrag zu diesem gewichtigen Vorhaben leisten zu können.

Diese besondere und sehr selten vorkommende Ehre wusste Jesus sehr zu schätzen und er machte sich bald Gedanken über ein passendes Geschenk.

Er entschloss sich – er kannte Beschreibungen des Landes und der Kunst, Gebäude an den unmöglichsten Stellen zu errichten – gemeinsam mit dem klösterlichen Schmied, der auch die Hufeisen seines Pferdes wundervoll passend geformt hatte, eine praktische, stabile und witterungsbeständige[16]

---

16 (er hatte etwas von Holzbehandlung durch erhitzten Baumsaft mit Kräutern versetzt gelesen)

Klappleiter, die mittels kräftiger Ösen[17] beliebig be-
festigt werden konnte, aus stabilen Hölzern zu zim-
mern, um sie als Dank darbringen zu können.

Er hoffte, nicht unbedachterweise einen Frevel zu
begehen damit, schließlich wusste man dennoch
kaum etwas über den Landesnachbarn.

Es wäre ja durchaus möglich, dass die Bewohner
dies als Kritik an ihren eigenen Seilleitern und
Festtreppen werten könnten, was er natürlich nie
beabsichtigt hatte.

Und auch hier musste er sich bei dem letzten Stück
der Reise die Augen verbinden, und zusätzlich
noch sich rückwärts mit seinem Pferd in das Land
führen lassen.

Die letzte Etappe, rückwärts und zu Fuß (sein
Pferd war in guter Obhut), ging es in einer sehr,
sehr langen Röhre(?) einen sanften Anstieg hinauf,
der Klang der Schritte änderte sich, die Luft duftete
anders, sogar die Temperatur schien sich zu verän-
dern.

---

17 (einer Erfindung des Schmieds, worauf er sehr stolz
war)

Sie hielten an, es raschelte etwas hinter (vor?) ihm und vor (hinter?) ihm klang es, als wenn etwas Schweres leicht bewegt wurde, und dann wurde ihm geheißen, er dürfe sich umdrehen und die Binde abnehmen, aber er solle sich lieber setzen.

„Ein Glück, dass ich auf einer Bank sitze", dachte er bei sich. Denn so ein Anblick hätte wohl jeden vom Hocker gehauen.

Zwar immer noch eindeutig der Himalaya, doch völlig anders.

Beleuchtet von der Sonne, sodass alles in nahezu allen Farben strahlte ohne zu blenden, alles glänzte unaufdringlich, irgendwie spür- und sichtbar lebendig, wie er von seiner gemütlichen Parkbank aus sah.

Bunte Vögel und Insekten, groß und winzig klein überall, ein rauschender Wasserfall, über den sich eine schmale und bewachte Hängebrücke spannte und Höhlen und Häuser, ja nachgeradezu Paläste waren so geschickt in die landschaftlichen Begebenheiten eingefügt, dass man sie kaum von der restlichen Natur unterscheiden konnte.

Ihm wurde kurz Bang, ob sein Dankesgeschenk nicht vielleicht doch schlecht ankommen würde, bis er eines ihm über die Hängebrücke entgegenkommenden und gütig, herzhaft und humorig lächelnden Menschen gewahr wurde.

Einfach aber stattlich gekleidet begrüßte er Jesus, der etwas überrascht davon war, traditionsgemäß mit vier stillen Umarmungen, die Jesus aber auch als Informations- und Energieaustausch wahrnahm.

Nun sprach der Mann ihn in einer Sprache, die wie alle Sprachen auf einmal schien, an und Jesus verstand sofort und erstaunlicherweise jedes Wort.

Er erzählte Jesus von der Macht der Umarmungen, die er soeben gespürt hatte und von der Weisheit der Vier:

- 4 Umarmungen am Tag,
  um überleben zu können
- 8 Umarmungen am Tag,
  um sein aktuelles Level halten zu können
- 12 Umarmungen am Tag,
  um wachsen zu können

Er stellte sich als Wächter der Brücke vor und bat ihn, von nun an bis zu dem Tage, an dem er die Zeichen erkennen würde, stillschweigen über alle Angelegenheiten Buthans und dementsprechend auch Shangri-La's zu bewahren, dem er gerne nachkam.

Wissen sollte zwar auch weitergegeben werden, aber alles zu seiner Zeit, damit es auch die bestmögliche Wirkung entfalten kann, bzw. „wenn die Menschheit reif dafür ist."

Sein Geschenk brachte große Aufmerksamkeit, alsbald wurde verschiedentlich gefachsimpelt und handwerkliche Ideen ausgetauscht, sogar der sehr angetane und interessierte König trug dazu bei, sodass Jesus sich sofort aufgenommen fühlte in dieser stets glücklich und zufrieden wirkenden Gemeinschaft.

Sie wirkten aber nicht nur so, wie er dann später erkannte, sie waren es einfach immer.

Jeder wusste wann es Zeit für die nächste Umarmung war und alle fühlten sich miteinander und mit der Natur verbunden.

Auch das Geheimnis ihrer Sprache wurde durch die überaus erstaunliche Erkenntnis aufgelöst, dass sie die Nachfahren der babylonischen Turmbauer und derer Familien waren.

Denn anders, als es in den Geschichtsbüchern steht, war es keine Strafe Gottes sie in vielen Zungen sprechen zu lassen, sondern vielmehr ein Segen, wie sich später herausstellen sollte.

Denn nur dadurch, dass sich zumindest einer aus der großen Gruppe immer irgendwo, egal wo sie sich befanden, mit den Einheimischen vor Ort verständigen konnte, konnten sie schließlich ihr eigenes Shangri-La, auf dem Dach der Welt und in der Nähe des höchsten Turmes zur Ehre Gottes, finden.

Und da sie seit langer Zeit die Geheimnisse aller je auf Erden gesprochenen Sprachen kannten, wurde ihnen nach und nach klar, dass es nur einer Sprache, nämlich der Sprache des Göttlichen bedarf, die alle Sprachen vereint und die auch von jedem Lebewesen verstanden werden kann.

In einer Sprache genannt Englisch, die dereinst gesprochen werden würde, fand er folgende Worte dafür, die ihm sehr gefielen:

All you need is love!

Wenn er manchmal in der Stille meditierte, war ihm, als könne er sehr ungewohnte aber schöne Musik dazu hören, Trompeten oder etwas ähnliches, Rhythmus, unbekannte Klänge und melodisch-mehrstimmigen Gesang dazu und irgendwas mit... Pilzen?

Und Shambhala, also die Quelle der Weisheit (des „ewigen Lebens"), war nichts anderes als eine spiegelnde Oberfläche im Inneren des Heiligtums, in die man, wenn man bereit dafür war, hineinschaute, denn ansonsten spiegelte sie nichts oder wurde rau vor den Augen des Betrachters.

Jesus brauchte trotz allem sehr lange, bis er sich bereit dafür hielt und sich dazu durchringen konnte, hineinzusehen.

Da das Wissen um Shangri-La so lange geheim bleiben sollte bis es offenbart werden konnte, einigten sie sich auf einige weniger geheime Aspekte (z.B. die Weisheit der Vier, das Sprachverständnis) ihres Seins, welche sogleich verschriftlicht zum ganzen Anderen, was in Nepal entstand, hinzugefügt werden konnten.

Den Rest bewahrte sich Jesus gut im Herzen für später auf.

Viel fehlte nun nicht mehr zur vorläufigen Vollendung dieses erstaunlich kleinen[18], aber essenziellen Buches, in dem so kurz und prägnant wie möglich und nötig alles Wissen über die Schöpfung, den Kosmos und Aussagen über die Göttlichkeit allen Seins zu finden sein würden.

Jesus hatte bereits beim Aufbruch aus Bhutan – so wollte er es weiterhin in der Öffentlichkeit und Privat nennen – den Entschluss gefasst, nun bald zu seinem dritten und letzten Oheim zu reisen, der in den Landen des Tao Te King, des Konfuzius und des I-Ging lebte und oberster Astronom, Naturgelehrter und Philosoph war.

So besprach er sich mit dem Lama und Oheim vor Ort, wie weiter zu verfahren sei.

Die Mönche woben das Wissen, ergänzt durch die nicht-geheimen Erfahrungen Jesus aus Bhutan, weiterhin in die Schriften ein, während er mit Hilfe der weiteren Erfahrungen seiner Reise regelmäßig schriftlich für Ergänzungen sorgen würde.

---

18 (je nach gewählter Sprache, aber sie hatten eine gute Auswahl und nun noch den ein oder anderen Kniff, den Jesus aus Bhutan preisgeben durfte)

Dann, da es nicht klar war, ob Jesus Weg wieder hierher zurück führen würde, entschied man, dass die Schriften, wenn sie durch seine Einträge soweit aktualisiert waren, nach Sprache selektiert verschifft werden sollten an die jeweils obersten religiösen Führer zu den bekannten Ländern der Welt, inklusive einer Erklärung, was damit beabsichtigt sei.

Die Empfänger seien gerne aufgefordert ihrerseits Ergänzungen zu liefern, wenn es ihnen angebracht erschien.

Auch jeder seiner Oheime sollte dann ein Exemplar bekommen, wie auch jeder Mensch, den er Gefährte und/oder Gönner nennen konnte.

Also auch Maria, der er dann eine liebevolle Widmung schrieb.

Sein Pferd genoss die neue Reise sichtlich, sie hielten sich wieder Richtung Tibet, an Flüssen und Straßen entlang, die belebter und belebter wurden, je weiter sie Richtung China vorstießen.

Es wurden viele Dialekte gesprochen, doch Jesu war nun ein „Eingeweihter", der die meisten Sprachen schnell verstand.

Schwieriger war es mit den Schriftzeichen, aber da er Übung durch seine Transkribierarbeiten in Nepal bekommen hatte, konnte er auch bald damit etwas anfangen.

Zum Glück, sonst wäre er doch glatt einmal in den falschen Abort gelaufen.

Terrassen voller Reis, Bauern mit Hüten auf und knietief im Wasser. Grüne Hänge, Tee und Leben, so vielfältig es nur sein kann.

Aber auch trockene Kargheit, die die Menschen dennoch nicht davon abhielt, dort zu verweilen, zu leben und sich erstaunlich gut damit zu arrangieren.

Steppe, Wüste, scheinbares Nichts.

Doch spätestens in der Nacht erwachte die Welt aus ihrem Schlaf, die Nachtaktiven zeigen sich und die Lebendigkeit, die überall zu finden ist.

Auf der Suche nach einem Schachpartner fand er schließlich einen jungen indischen Mathematiker, der sich als gebildeter Sohn einer wohlhabenden Familie auf einer Studienfahrt befand, gerne Bezüge aus Quersummen herauslas und Zahlen an sich eine Art mystischer Bedeutung zumaß.

Dies erinnerte Jesus an die auch zahlenorientierte Kabbala aus seiner eigenen Religion und sie unterhielten sich aufgrund dieser und vieler anderer Themen vorzüglich auf ihrer Reise, die auch dadurch eine neue und interessante Wendung einnahm.

Es erreichte ihn in der nächsten Karawanenstadt nämlich die Kunde, dass sein dritter Oheim, der ihn unbedingt selbst am Zielort begrüßen wollte, staatsdienstlich längere Zeit verhindert sei, und er ihm deshalb vorschlage, er solle ruhig auch die Länder südlich der chinesischen Grenzen besuchen gehen, „wenn er doch schon mal da sei".

Als ihm sein neuer Freund dann auch noch verkündete, die Reihenfolge seiner Studienfahrt frei kombinieren zu können, und er ihn auf der Reise in den Süden gerne begleiten würde, ging Jesus langsam ein „göttliches" Licht auf, dass alles immer einen Sinn ergibt, auch wenn wir den vielleicht noch nicht gleich erkennen.

24 Nichts ist so wie es scheint

Jesus, musste er selbst zugeben, war erstaunt, wie verhältnismäßig schnell sie die Länder, die man heute als Myanmar (Birma), Laos, Thailand, Vietnam, Kambodscha und Malaysia kennt, bereisen konnten. Den Flüssen, Seen, Elefanten, Ochsen, Eseln, Pferden und dem Erfindungsreichtum freundlicher Menschen sei Dank.

Dass sie sogar Pferde mit einer sogenannten Seilbahn über Schluchten hinweg transportieren konnten, war zwar genial, aber hinterließ jedesmal ein mulmiges Gefühl in seiner unteren Leistengegend.

Sein bestes Pferd der Welt allerdings amüsierte sich auch dabei prächtig, so war der Eindruck.

Ihm hingegen schwirrte immer noch der Kopf von all den gesammelten Erfahrungen.

Welch uralte Kulturen, welche Art Tempel zu bauen, und die Art, wie sich Fauna und Flora irgendwann wieder ihr ureigenstes Reich zurück eroberten!

Er musste immer noch lächeln über den Affen in der Tempelruine, der ihm anstandslos das Brot aus der Hand stibitzte und den Schreibgriffel seines Begleiters noch mit dazu.

Die Bilder aber dieses einen, so ganz anders anmutendem und uraltem aber erstaunlich gut erhaltenem Tempel, gingen ihm nicht mehr aus dem Sinn.

Figuren und Symbole, soweit das Auge reichte.

Sogar die zuerst als Verzierungen anzusehenden, feinsten Reliefarbeiten erwiesen sich bei genauerem Hinsehen als Geschichten, die erzählt wurden.

Man sah auch Geschichten von riesigen Menschen(?), die riesige Gerätschaften bedienten oder bereitstellten, die Jesus zwar nicht ergründen, denen er aber dennoch eindeutig einem wie auch immer gearteten sinnvollen Zweck zuordnen konnte.

Manche unter ihnen trugen eine Art Anzug und ihr Kopf steckte in etwas, das sie zu schützen oder zu verbergen schien.

Sein studienreisender Begleiter meinte nach längerer Diskussion, die zunehmend phantasievoller wurde; „wenn es tatsächlich gelänge, so einen Anzug herzustellen, diesen anzulegen, sodass er danach hermetisch abgeriegelt sei und der Luftaustausch gewährleistet ist, könne man damit vielleicht tatsächlich zum Boden der Meere oder sogar bis zu den Sternen reisen."

Es waren Donnerwagen und Flammen abgebildet, Streitwagen und Schiffe am Himmel, sodass ihm beinahe schwindelig wurde und er sich hinsetzen musste.

Es schienen furchtbare Blitze aus dem Himmel zu kommen, oder vielmehr aus den Gerätschaften, die dort harrten.

Nun konnte er noch besser verstehen, warum die Menschen Gott im „Himmel" suchten und erst einmal nicht in sich selbst.

An der Südspitze Malaysias, dem heutigen Singapur, entschieden sie sich, „die Welt, die eigentlich auf dem Kopf stehen müsste", anzusehen.

Sie wollten also nach Indonesien wechseln und den Äquator überqueren.

Zuerst einmal bemerkten sie nichts.

Gut, der Kapitän bat sie, damit sie den Äquator auch wirklich sehen könnten, eine spezielle Kappe aufzusetzen und durch eine spezielle Vorrichtung zu schauen.

Der Witzbold hatten einen senkrechten Faden anbringen lassen, auf den beide zur allgemeinen Heiterkeit der Anwesenden prompt erst einmal hereinfielen.

Als das Gelächter verebbt war, klärte sie der vielgereiste Kapitän auf hoher See über die tatsächlichen Unterschiede „unterhalb des Äquators" auf.

Nämlich, das hatten Jesus und sein Begleiter natürlich bemerkt, der Sternenhimmel veränderte sich mit der Reise und ab hier zeigte er nach Süden, sodass man den Nordstern, der über der „oberen Seite des Äquators" strahlt, aufgrund der Erdkrümmung nicht sehen kann.

Das bedeutete aber auch, so erklärte er weiter, je weiter südlich man sich von hier ab befindet, sich die Jahreszeiten gegenüber der Nordhalbkugel entgegengesetzt verhalten würden.

Also eine Seite Sommer, die andere Winter und umgekehrt.

Aber auch im Süden ließ es sich navigieren und orientieren, denn der Nordstern musste ja zwangsläufig ein Gegenüber haben, und dies nannte man das Kreuz des Südens.

Beide schienen fix am jeweiligen Nachthimmel zu hängen, während sich alles andere darum herum zu drehen schien, sodass beide als Ruhepole am Nachthimmel genutzt werden konnten.

Sein Freund und Mathematiker auf Studienreisen rechnete nach und konnte dem nur dann zustimmen, wenn die Erdachse nicht kerzengerade, sondern etwas schräg verlief, worauf sich eine anspruchsvolle Diskussion über die Beschaffenheit der Erde, des Landes und der Meere entwickelte, die tagelang währen sollte.

Die Geschichten des alten Seebären faszinierten die beiden Reisenden so sehr, dass sie beschlossen in das ferne Land der Beutelhüpfer und rasenden Teufel segeln zu wollen, um die Gebräuche der Landesbewohner kennen zu lernen.

Es war immer wieder erstaunlich, wie sich alles fügte und wie erstaunlich wenig Zeit dabei verstrich.

Dieses Land, obwohl er bereits viele bereist hatte, war anders als alle anderen.

Strahlend leuchtende, unglaublich lebendige Korallenriffe an den Meeresküsten, wobei beide prompt sehnsüchtig an einen funktionierenden hermetischen Anzug wie auf den Tempeldarstellungen dachten.

Ockerfarben-goldener und orangeroter oder rabenschwarzer Sand, sinnliche Licht- und Schattenspiele, Tiere mit riesigen Schwänzen, auf dem sie sogar balancieren konnten, die ihre Kinder in einem Beutel trugen und riesige Sprünge machen konnten, oder wesentlich kleinere, die schnell wie der Teufel unterwegs waren.

Und auch die „Traummenschen", wie sie sich selbst nannten.

Die Kommunikation mit ihnen war zu Beginn etwas holprig, sie hatten wohl auch noch nie in ihrem Leben Pferde gesehen, bis Jesus feststellte, dass er eine Art Stimme in seinem Inneren hören konnte, die wohl von dem Menschen gegenüber ausging, der ihn daraufhin, ebenso überraschend wie auch erwartet, zur Begrüßung vier Mal umarmte.

Als alle und jeder rituell durch Umarmen ange-
nommen war und sich bekannt gemacht hatte[19],
waren sie alle zu Gast und erfuhren nach einem
längeren Marsch, dass man wirklich fast alles essen
und sogar schmackhaft zubereiten kann.

Er dachte bei sich, „wenn diese Menschen sich immer so rituell begrüßten, wenn sie zusammenkom-
men, dann kommen doch locker mehr als 12 Umarmungen am Tag dabei heraus"[20].

„Wie weit müssen diese Menschen sich bereits auf
ihrer spirituellen Reise fortentwickelt haben?",
fragte er sich.

Es freute ihn zu hören, dass die Traummenschen
ebenfalls ihrer Nahrung dafür dankten, dass diese
durch ihren Tod Leben spendete, wie es Jesus damals auch mit den Fischen gemacht hatte, damit sie
ihm ins Netz gingen.

Wenn du etwas brauchst, realisiere dies. Aber nicht
den Mangel daran, sondern bedanke dich vielmehr

---

19 (auch die Pferde wurden offiziell begrüßt, es sah sehr
lustig aus, aber den Pferden gefiel es)
20 (das war übrigens der Moment, an dem sich die Zahl
Zwölf unauffällig in Jesus Gedanken nachhaltig manifes-
tierte, und er sie fortan immer häufiger nutzte)

dafür, dass du es bereits empfangen hast und es realisiert sich, sobald du wahrhaft an deine Schöpferkraft glaubst.

Eine besondere Ehre für beide Reisenden war, dass sie in die Geheimnisse des klingenden Eukalyptusbaumes und die Herstellung einer Art Klänge produzierenden Blasrohrs eingeweiht wurden, auf dass sie alsbald selbst die rituelle Musik der Traumpfade mitgestalten könnten.

Es war witzig, für seinen mathematisch begabten, aber in diesen Dingen recht ungeschickten Freund, war es sehr anstrengend, sich sein Didgeridoo, wie es manche nannten, herzustellen.

Es entlohnte ihn aber mit wundervollen Klängen, denn das wiederum, konnte er beinahe auf Anhieb.

Als geübten und geschickten Zimmerer machte ihm die Herstellung kein Problem. Aber er wurde heute noch innerlich rot, wenn er an seinen kläglichen allererstein Furz dachte, den er diesem Ding entlocken konnte.

Alle Anwesenden hatten noch Stunden später herzhaft mit ihm gelacht.

27 Alles ist möglich

Er war bereits völlig fasziniert von diesen Menschen, die einfach in und mit der Natur lebten.

Sie hatten tiefe spirituelle Bezüge zum Land, bald jede Stelle und jedes Tier waren heilig und hatten ureigene Geschichten, die sie Traumpfade nannten.

Ihre Schöpfungsgeschichten, die Traumzeit, wurden von Generation zu Generation weitergegeben.

Vieles war geheim, und durfte nur den eigenen Stammesmitgliedern (wenn überhaupt) offenbart werden.

Dieses Wissen, zum Beispiel auch über die Lage und das Aufspüren von Wasserstellen, und an welchen Landmarken man sich auf seiner Wanderschaft sicher orientieren konnte, wurde in umfangreichen Liedtexten weitergegeben, die, wenn man Schritt und Stimme rhythmisch in Einklang bringen konnte, einen sicher zum Ziel geleiteten.

Man sang sich sozusagen die Dinge benennend durch die Welt und das Leben.

Dem konnte Jesus vieles abgewinnen, denn „im Anfang war das Wort".

Dadurch also, dass die verschiedenen Stämme der Menschen dort ihre jeweils eigenen Traumpfade, und also auch „Territorien" hatten, die durch ihre Lieder markiert waren, gab es so etwas wie Krieg um Ressourcen und Land nicht, er war einfach unnötig.

Jesus lernte noch viel über die Einstellung der Traummenschen zur Natur der Dinge, den Initiationsriten, wie lange manche Lieder und also auch Wege sein können.

Er erfuhr von Methoden, mit denen man seinen Geist telepathisch kommunizieren lassen konnte, aber nicht nur mit Menschen und jagte mit einem Stock der zurückkommt, wenn man ihn geschickt warf.

Trotz seiner Erfahrenheit als Zimmerer war es recht kniffelig, diesen Boomerang, wie er von manchen genannt wurde, so anzufertigen (man konnte nur mit eigenem Boomerang jagen), dass er das machte, was er sollte, und nicht sonstwohin zu segeln, was ihm zu Beginn der Werfübungen zum allgemeinen Amüsement auch zwei-drei Mal widerfuhr.

Sein Freund auf Studienreisen machte vor seinem ersten Wurf ein paar Berechnungen, überprüfte den Wind und das Gewicht, seinen Stand und seine Griffhaltung am Holz und prompt war der erste Wurf ein voller Erfolg.

Jesus freute sich für ihn und studierte wiederum dessen Bewegungen und schon klappte es wesentlich besser.

Erste und weitere Erfolge konnte er auch beim Schöpfen dieser wundervoll anderen Töne, die man einem Didgeridoo entlocken konnte, feiern.

Und nicht lange danach – die Atemübungen die er bereits kannte halfen ihm dabei sehr – beherrschte er die spezielle Atemtechnik, die dafür nötig ist, dass man immer wieder genügend Luft hat, um die Töne unterbrechungsfrei erzeugen zu können.

Und die Selbstheilungskräfte dieser Menschen, die seit sehr vielen Jahrzehntausenden auf dieser riesigen Insel lebten, wirkten fast wie ein Wunder.

Hätte er nicht selbst gesehen, dass sogar Brüche in unglaublich kurzer Zeit heilen können! Er hätte wirklich überlegen müssen, ob er das sofort hätte glauben können, wenn er es nur gehört hätte. Doch nun wusste er, es war tatsächlich sogar möglich, sich selbst vollkommen und vollkommen sich selbst zu heilen (welche eine Schöpferkraft!), und den Rest erledigte die Natur, die ihren Beitrag zur Heilung leistete, indem sie Kräuter, Pflanzen, Nahrung, Wasser und allerlei anderes zur Verfügung stellte, um den Selbstheilungsprozess zu unterstützen.

Er wusste es doch! Seit abertausenden von Jahren und mehr als 12 Umarmungen täglich, mussten sie das spirituell weitestentwickelte Volk sein, was er sich vorstellen konnte (neben Shangri-La).

Sie hatten zwar immer noch genügend Zeit, aber sie beschlossen dennoch, ihre Fahrt nach China zu verkürzen, die ursprünglich über alle bewohnten Inseln nördlich der riesigen Insel, von der sie nun bald aufbrechen würden, führen sollte.

Nach entsprechender Briefkorrespondenz – für seinen Freund und Begleiter sei es nun langsam an der Zeit, die unglaubliche Masse an Erfahrungen seiner Studienfahrt zusammenzufassen und zu verschriftlichen, meinte er zu Jesus – beschlossen sie, noch gemeinsam an einen Hafen der Seidenstraßenroute, bzw. einem „Zubringer" anzulanden, wo sich ihre Wege dann nach dieser langen und intensiven Zeit physisch trennen würden.

28 Seidennasse Straßen

Nach ebenfalls hochinteressanten Abstechern auf einige bewohnte Inseln auf dem Weg zu dem letzten Ziel ihrer gemeinsamen Reise, kamen sie in einem Hafen auf den heutigen Philippinen an, der vor Geschäftigkeit nur so strotzte.

Hier wurden Waren umgesetzt, die ihn an Bagdad und andere Städte und Länder erinnerten und sogar noch vieles, teilweise skurriles Andere, was er nicht ergründen konnte und manchmal auch gar nicht wissen wollte, wozu man es benötigte.

Sein Freund derweil, dem Chinas Mathematik bereits durch frühere Studien bekannt war[21], übernahm es, nachdem sie dieses Ansinnen bei seinem Oheim in Nepal bereits zuvor schriftlich angefragt hatten, das Voranschreiten der Schriftrollen zu koordinieren.

Denn dort wollte er seine eigenen Aufzeichnungen final zusammenfassen und für die Nachwelt niederschreiben, die dann später als eine der frühesten und umfangreichsten Sammlungen mathema-

---

21 (er war ein diesbezügliches Wunderkind und schon im Kleinkindesalter selbst zu mathematischen Erklärungen gelangt)

tisch-physikalischer Erkenntnisse seiner Zeit bekannt wurden.

Und wie es der Zufall wollte, war genau er ein Urahn des Menschen, der viele Jahrhunderte später den ersten funktionierenden hermetischen Anzug mit zuverlässigem Luftaustausch erfolgreich konstruierte, erbaute und erprobte.

Dass ein Nachfahre dieses Menschen wiederum der erste Mensch im Weltall überhaupt sein würde, war auch wieder so etwas, was einen doch wirklich nachdenklich macht.

29 China ohne Ende

Nach einer äußerst umfangreichen Verabschiedung, schifften sich beide in unterschiedliche Richtungen ein, der eine über Indonesien nach Indien und dann weiter nach Nepal, und Jesus wollte mit dem Seidenstraßenschiff auf zum Festland Chinas, wo ihn der letzte seiner Weisen drei Oheime erwartete.

Er besorgte sich ein wenig Literatur für die Überfahrt und machte sich mit den Lehren Konfuzius bekannt.

Es ist übrigens nicht stichhaltig entkräftet, dass der Spruch „lieber einen wackeligen Stuhl als eine feste Freundin" tatsächlich vom frühen[22] Konfuzius stammen könnte.

Und wie er so dasaß und studierte, fiel ihm auf, dass die sogenannten fünf Konstanten und die sich daraus ergebenen sozialen Pflichten ihn doch sehr an die Idee der 10 Gebote erinnerten, wobei er dann etwas schmunzeln musste, als er an die Jünger der Lade dachte.

---

22 („whig-heth" im ländlichen Dialekt)

Als sie eines morgens Land und ihren Zielhafen auch schon langsam erkennen konnten, war es noch mal ein ganz anderer Anblick in ein anderes, flacheres, von Flüssen durchzogenes Land, als die wesentlich höher gelegenen Regionen, die er bereits bereist hatte.

Weiter ging es unter anderem auch über riesige Flüsse, bei denen man manchmal das gegenüberliegende Ufer selbst aus erhöhter Position nicht erkennen konnte.

Und über Land, sein Pferd liebte es, ging es weiter, denn wo sonst als am offiziellen Beginn der Seidenstraße, also an dem Ort, an dem Wissen und Informationen zusammenliefen, konnte sein Oheim schon weilen?

Interessant zu erwähnen sei vielleicht noch, dass Jesus schon früh einen Reisegefährten fand, der ebenfalls dorthin unterwegs war.

Dies war ein Mönch, der fest in den Lehren des Konfuzianismus verankert war und, da er auch aktiv dafür – wenn es notwendig sei – sorgen wollte, diese Rechte und Pflichten notfalls auch für andere verteidigen zu können, übte er sich deshalb in Selbstverteidigungspraktiken.

Wie sich zum Erstaunen beider – Jesus war sofort mit Elan und seinem Vorwissen der indischen Künste mit dabei – herausstellte, waren diese beiden Kampfkunststile zwar völlig unterschiedlich, aber wunderbar miteinander kombinierbar.

So übten sie also nicht nur sich selbst in Meditation und Religions- und Naturwissenschaften, sondern bildeten sich auch in ihren Künsten weiter und entwickelten diese gemeinsam fort.

Fast unglaublich, was mit Konzentration alles zu schaffen ist.

Sie fanden sogar durch ihr beider kombiniertem Wissen heraus (z.B. Energiepunkte im und am Körper), dass manche Techniken den Menschen mit einem kurzen und festen Druck an bestimmten Stellen bewegungsunfähig bzw. ohnmächtig machen oder sogar, bei einigen wenigen Punkten, töten konnten.

Jesus und sein Freund waren sich stets darüber einig, wenn solch eine Macht wie diese ausschließlich zu gerechten und notwendigen Verteidigungszwecken für sich und andere diente, keine Leben kostete und niemanden ernsthaft schädigte, war sie mit ihren sonstigen friedvollen Absichten sehr gut vereinbar.

Jesus meinte einmal, es wäre vielleicht sogar besser, wenn man provoziert werden und in der Hitze des Gefechts etwas abbekommen würde, zuerst in friedlicher Absicht quasi „die andere Wange hinzuhalten".

Und erst, wenn das Gegenüber immer noch meine, er bräuchte diese Erfahrung unbedingt, ihm dann entsprechend als Erfüllungsgehilfe dienlich zu sein.

So kam es, dass Jesus nur noch dann in hitzige Auseinandersetzungen geriet, wenn er es auch plante. Denn solch eine entspannte Haltung wirkt auch auf andere Menschen unbewusst friedbringend.

Erst einige Zeit später in der Bibliothek sollte er ein irgendwie passendes chinesisches Sprichwort finden, welches ein ähnliches, aus dem Talmud kommendes Zitat, bestätigte:

„Achte auf Deine Gedanken,

denn sie werden zu Worten.

Achte auf Deine Worte,

denn sie werden zu Handlungen.

Achte auf Deine Handlungen,

denn sie werden zu Gewohnheiten.

Achte auf Deine Gewohnheiten,

denn sie werden Dein Charakter.

Achte auf Deinen Charakter,

denn er wird Dein Schicksal."

Was man über sich selbst dachte, so handelte und so war man dann auch.

Was man über etwas anderes dachte, so nahm man es für sich selbst dann auch wahr.

Die Wahrheit entsteht im Auge des Betrachtenden.

Wie wahr.

Eine sehr gute Erklärung, wie sich für die Menschen noch herausstellen sollte.

30 Die Geheimen Künste

Die Begrüßung des am weitesten entfernt lebenden Oheims war sehr herzlich. Vor allem als Jesus diesem offen- und warmherzigen Mann die Macht und Weisheit der Vier (Umarmungen) näherbringen durfte, konnte dieser dann gar nicht genug davon bekommen.

Sein Oheim war sehr interessiert daran von ihren Kampfkünsten zu erfahren und wollte in geheimen Schriften dieses Wissen sicher verwahren. Denn wie immer ist abzuwägen, wem wann welches Wissen zur Verfügung gestellt werden kann, also wer wann wofür bereit ist. Die Geheimnisse des Lhang Hinh wurden erstmals schriftlich festgehalten.

Sein Freund und bisheriger Weggefährte war nun auch beinahe an seinem Ziel angelangt und verabschiedete sich nach einigen Tagen ebenso herzlich, wie sie den Oheim begrüßt hatten.

Ein prachtvoller Ort war dies, lebendig und voller Wissen und den unterschiedlichsten Menschen, Wesen und Dingen.

Ein Trubel, ein Kommen und Gehen, ein Feilschen, ein Schachern, also ganz wie überall sonst auch, nur konzentrierter an einem einzigen Ort.

Der Oheim derweil wies Jesus in seine eigenen Wissenschaften tiefer ein, als es vorher möglich war, sodass er nun noch umfangreicheres Wissen über die Astronomie, die Naturwissenschaften, Religionen und Philosophien des fernen Ostens besaß, welches er, in Abstimmung mit seinem Oheim, dem bereits entstehenden Buch hinzufügen lassen wollte.

Das Tao war ihm nun präsent, I-Ging, Konfuzius, Buddha, Hinduismus, Shangri-La und seine eigene Ursprungsreligion vermischten und ergänzten sich zu einer Hommage an das Göttliche in einem Selbst und überall, ausgedrückt durch wahrhaftiges Wissen, welches zu wahrem Glauben führt und sich gegenseitig bedingte.

Der Oheim, so durfte Jesus nach langem Aufenthalt erfahren, war auch in den Geheimen Künsten unterwiesen, durfte aber sein Wissen nur der eigenen und direkten Blutlinie weitergeben.

Doch er ahnte aus den wohlgefälligen Andeutungen seines Oheims heraus, dass er selbst wohl auf dem besten Wege sei, diese aus eigenem Antrieb verstehen zu können.

Es war fast wie Magie, aber eben nur fast.

Denn so, wie es einen Energiefluss im menschlichen Körper gibt, so gibt es diesen immer und überall sonst auch, wie er durch seine anschließenden Studien erfuhr.

Das, was man heute allgemein als Leylinien bezeichnet, ist eine Entsprechung dafür, allerdings gleich den gesamten Planeten Erde selbst betreffend.

Und wie es auch Energieknotenpunkte im und am menschlichen Körper gibt, so gibt es diese auch an den Orten, an denen sich die Leylinien überschneiden.

Besondere „Kraftorte", „heilige Orte", an denen eine hohe „Manifestationsenergie" konzentriert ist und die auf bestimmte Art und Weise dafür genutzt werden konnte, an mehreren Orten zugleich zu erscheinen. Nicht unbedingt körperlich, aber bemerkbar.

Aber nicht nur das war dort leichter als woanders erreichbar, sondern das Erleben der eigenen Kraft als Schöpfer seiner Umstände fiel einem dort leichter, wenn man sich dessen bewusst werden wollte.

Nicht umsonst, meinte sein weiser Oheim, würden kultische und religiöse Monumente und Orte gerne auf Leylinienknoten errichtet, da dies der spirituellen Reise, auf der wir uns alle freiwillig befänden, sehr zuträglich sei.

Das Unglückliche daran sei, meinte er weiter, dass sich so wenige Menschen wirklich bewusst darüber wären, dass auch sie sich auf einer persönlichen spirituellen Reise befänden, die nur durch ihre eigene Einwilligung überhaupt erst beginnen konnte.

Wie er von seinen Eltern und auch Maria dann aus ihren Briefen heraus lesen konnte, schien die Zeit reif, endlich den langen Weg nach Hause anzutreten.

Und nachdem er die restlichen aktuellen Ergänzungen gemeinsam mit seinem Oheim verfasst hatte, sandte dieser die Informationen weiter nach Nepal ins Kloster, wo dann die vorläufigen Endfassungen angefertigt wurden.

Die Vorbereitungen zur Abreise waren getroffen, „nur leichtes Gepäck", wie ihm sein Oheim augenzwinkernd versicherte, als er ihm ein kleines Geschenk in die Hände drückte mit dem Hinweis, es erst nach frühestens 4 Reisetagen zu öffnen („besser nach zwölf Tagen", meinte er schalkhaft grinsend) und nur allein, und viele Umarmungen später, ging es auf den Hauptrouten der Seidenstraße über Land auf den Weg in die Heimat zurück.

Viele Städte, Menschen, Landschaften und kulturellem und intellektuellem Austausch später, kamen sie durch Persien und am Kaspischen Meer vorbei, um schlussendlich über Bagdad in Damaskus die Reise auf der größten Handelsroute der damaligen Welt zu beenden.

Schade, er hatte sich auf ein Wiedersehen mit seinem ersten Yogi-Freund und Gönner gefreut, doch dessen Zeit des Reisens sei vorüber, wie er ihm in einer Nachricht, die er Jesus wohlweislich hinterlassen hatte, mitteilte.

Er sei wieder in dem Land seiner Ahnen und wolle sein Leben dort im Kreise seiner Sippe verbringen und sein Wissen weitergeben.

Und er freue sich für ihn, wie er aus den Briefen ja immer wieder erfahren hatte, wie sich Jesus Reise und seine Begegnungen entwickelt hatten und welche Gedanken ihn nun antrieben.

Andererseits verkürzte sich Jesus Aufenthalt in Bagdad dadurch, sodass sie schneller in Damaskus ankommen konnten.

Er wollte noch, wie zu Beginn seiner Reise, eine Zeitlang in Damaskus weilen, brachte sein Pferd in dem Stall unter, aus dem er es damals erworben hatte[23] und nahm sich vor, bevor er noch die letzten Eindrücke seiner Reise verschriftlichen und abschicken wollte, sich umzuhören, wie denn die Lage sei hier, bei sich zuhause und allerorts in den von den Römern besetzten Gebieten.

Um es kurz zu fassen: Herodes und die römischen Besatzer setzten immer noch rigoros ihren Machtanspruch durch, wobei – zwar bisher nur unter wenigen – die Kunde sich umtat von einer alten Prophezeiung, dass bald ein Erlöser, Messias, Heiland käme, der das Königreich Gottes (der Liebe) zu den Menschen bringen würde.

Viel Zulauf hätte auch ein gewisser Johannes, der im Fluss Jordan saß und quasi beinahe jeden ungefragt seiner „Taufe" unterzog, wie manche scherzhaft meinten.

Jesus dachte nochmals, als er die letzten Ergänzungen verfasste, daran, was er fühlte, als er das Geschenk seines Oheims nach 4 Tagen (12 hatte er

---

23 (die Wiedersehensfreude der Tiere untereinander war bemerkenswert „menschlich", bemerkte er amüsiert)

dann doch nicht ausgehalten) endlich auspacken durfte.

Eine ausziehbare, seltsam kegelförmige Röhre, in diesem Zustand ungefähr so lang wie sein innerer Unterarm, wobei ein Ende etwas dicker und das andere etwas dünner und anders ausgeformt war.

Bevor er es näher betrachtete, las er erst aufmerksam die Worte, die ihm sein Oheim in China dazu verfasst hatte.

„Beherzige es gut, denn du blickst in die Ferne, habe den Mut und erkenne die Sterne und habe Verstand, gebrauche ihn gerne."

Es war wolkenlose Nacht, er war allein und weit und breit schlief alles fest, sodass er sofort den Rat des Oheims umsetzen und in den Sternenhimmel schauen wollte.

Der Gebrauch war eigentlich recht simpel, die Konstruktion und die Idee dahinter genial.

Er hatte ein Fernrohr in der Hand!

Eine mit zwei geschickt geformten und voneinander entfernt platzierten Glaslinsen[24] ausgestattete ausziehbare Röhre, die sogar auf die Sehschärfe seiner Augen anzupassen war, da man den Sitz der kleineren Linse, in die man schaute, ebenfalls etwas nach vorne und hinten verschieben konnte.

Genial!

Der Sternenhimmel, sowieso schon voller heller Punkte, wurde noch voller und heller, als er durch das Fernrohr blickte.

Es war gigantisch und der Mond, so meinte man, zum Greifen nah.

Er war froh, dass niemand ihn sah, als er zuerst erschrocken vor der vorderen Linse herumfuchtelte, als ob der Mond sich tatsächlich plötzlich direkt davor befinden würde.

Doch als er sich auf eine Stelle konzentrieren wollte – ihm war, als würde er die Sternendrift wesentlich deutlicher sehen können durch die Vergröße-

---

24 (die man durch das Handelsnetz gut beziehen konnte, es gab Glasbläsermeister, die sogar ganz andere erstaunliche Dinge aus diesem durchsichtigen Material herstellen konnten)

rung – wackelte er zu sehr, um zu genauen Beob-
achtungen zu gelangen.

In der Nacht grübelte er darüber, wie sich dieses
Problem lösen ließe und hatte anschließend einen
Traum, der ihm auf die Sprünge helfen sollte.

Er saß in einem Stall und wollte melken, kippte
aber ständig mit seinem Melkschemel um.

Im Traum probierte er es erst viele Male, bis er auf
die glorreiche Idee kam, dass es durchaus hilfreich
sein könnte sich anzuschauen, wie sich die Dinge
verhielten und bemerkte, dass der Schemel nur
zwei Füße hatte.

Am Morgen darauf wachte Jesus mit einer sehr guten Idee auf.

32 Drei Beine wackeln nicht

Sein drittes und letztes Vorhaben (aller guten Dinge sind drei) in Damaskus war, sich eine Halterung für sein Fernrohr zu bauen.

Ein dreibeiniges Standwerk, was sich möglichst einfach montieren, wieder abbauen und verstauen ließ.

Die „eilige Dreifaltigkeit", wie sie später auch manchmal genannt werden sollte.

Glücklicherweise war Jesus noch von seiner ersten Zeit zu Beginn seiner Reise in Damaskus bekannt, sodass er Werkstätten von Freunden mitbenutzen durfte.

Als seine Freunde interessiert fragten, was er da mache, und er durchaus sagen konnte was er vorhatte, weihte er sie in sein Vorhaben ein und sie trugen begeistert mit immer neuen Ideen dazu bei.

Es lief viel besser als gedacht.

Denn die vielfältigen Ideen und Entwürfe brachten viele auf dem Dreibeinprinzip beruhende Erfindungen hervor, an die Jesus gar nicht gedacht hatte.

Als dann sein eigenes Dreibein, ein Meisterstück und die Verbindung einer Vielzahl praktischer Ideen, und die schützenden, aber leichten Transporttaschen für das Fernrohr und das Dreibein fertiggestellt waren, kündigte er seine baldige Ankunft zuhause an.

Er war noch keine dreißig Jahre alt, als er erfuhr, dass die ersten Exemplare ihres Buches der Bücher versendet wurden, sodass er nun wusste, die Zeit für die Umsetzung des großen Planes hatte begonnen.

Der grobe Plan war, die Lande von der römischen
Besatzung zu befreien, die Menschen aus ihren
Ängsten zu erlösen und ihnen die frohe Botschaft
zu verkünden, dass sie ihr Schicksal selbst in die
Hand nehmen können und Gott sie dabei zwar un-
terstützte, ihnen aber nie den freien Willen dabei
absprach, oder sie gar dafür bestrafte, wenn sie
sich „falsch" verhielten. Denn so etwas gab es nicht.

„Womit fangen wir an?", fragte Jesus seine in seine
Pläne und Absichten eingeweihte Familie, mit der
er nach einigen Tagen, nachdem er sich „akklimati-
siert hatte", die ersten Begrüßungsstürme abebb-
ten und er zur Ruhe kam, gemeinsam zum Früh-
stück saß.

Was Jesus allerdings sehr überraschen sollte, er
traf dort Maria vom Berge Sinai wieder!

Und irgendwie war es allen gelungen, ihm nicht zu
erzählen, dass der Erbe Noahs, der sich immer weiter darauf vorbereitete das Oberhaupt seines Stam-
mes zu werden, durch Briefkorrespondenz mit Maria[25] und den Eltern Jesus, diese miteinander be-

---

25 (schließlich mochten sie sich seit ihrer ersten Begeg-
nung ebenfalls und hatten dann ein langes Stück der
Heimreise zusammen zurückgelegt)

kannt gemacht hatte, sodass er erst nicht glauben konnte, wer da morgens in der Küche auftauchte.

Seit Jahren, so musste der erstaunte Jesus erfahren, kannte Maria nun seine gesamte Familie und auch seinen alten Freundeskreis.

Seine Geschwister, die natürlich allesamt inzwischen dem Kindesalter entwachsen waren, liebten sie wie eine große Schwester und ihn, wie sie ihn immer liebten, nur dass er ihnen irgendwie „größer" und „mächtiger" vorkam.

Was sie aber nicht im geringsten störte.

Denn auch sie hatten, wie sie alle, die Schnauze gestrichen voll von den Römern und den „Speichelleckern", wie sie die einheimischen Günstlinge der Römer manchmal nannten.

Sie waren sehr stolz auf ihren großen Bruder.

Maria, seine alten Kindheitsfreunde, die Familie und auch die Erben Noahs hatten ein erstaunlich weitverzweigtes Netz an Gleichgesinnten aufgebaut, und machten ihn mit Johannes dem Täufer bekannt.

Johannes, ein angenehmer aber manchmal etwas kopfloser Zeitgenosse, meinte gerne im Fluss sitzend; „kein Wunder, dass ich so bin, schließlich habe ich fast ständig einen nassen Hut auf", was immer alle zum Lachen brachte.

Von ihm stammte auch der Tipp, dass die „Jünger", von denen Jesus damals in den Schriftrollen im Tempel der Bewussten Einkehr gelesen hatte, möglichst auch Unbekannte sein sollten, damit diese dann in ihren Gemeinschaften wiederum weiter für ihre gemeinsame Sache eintreten und werben könnten.

Nach einer Ganzkörpertaufe, Johannes bestand darauf, riet er ihm noch, sich an die Fischer vom See zu halten, die seien nicht so leicht zu beeindrucken, und also später auch möglicherweise bessere Leumunde als andere.

Nachdem seine Kleidung getrocknet war und die Sachen gepackt, machte er sich mit noch etwas hartnäckigem Wasser in den Ohren auf in Richtung der Fanggründe am See, um zu erfahren, welche Menschen er dort wohl an die Angel bekommen würde.

35 Ein wahrhaftiges Gottesgeschenk

Jesus, der vollstes Vertrauen in den Ratschlag von Johannes setzte, musste sich lange um den See herum aufhalten, bis auch nur einer dieser eigenbrötlerischen und misstrauischen, aber durchaus herzlichen Menschen ihm auch nur ein kleines bisschen Aufmerksamkeit schenkte.

Selbst als er nach viel Überredungskunst mit hinausfahren durfte und stets die meisten Fische fang wo immer sie hielten, erstaunte das die Fischer nicht so sehr wie Jesu es gehofft hatte. Es hieß dann vielmehr untereinander, „weißt du noch, der alte Fischer aus der Hütte unterhalb der Gabelung am Berg, der konnte das auch", oder; „er hat halt ein glückliches Händchen".

Seine Arbeiten, er hatte vorsorglich seine Werkzeuge dabei, halfen ihm zwar zur Anerkennung seiner Zimmererfähigkeiten und sie nahmen auch dankbar das Wissen um klappbare Masten und Segel an, auch wenn sie sagten, dies würde ihnen hier nichts nützen, und auch sonst blieben sie unempfänglich für seine vorsichtigen Vorstöße bezüglich der Römer.

Sie sagten, sie hätten zwar von der Prophezeiung gehört, aber davon hielten sie nicht viel.

Sich mit den Römern anzulegen, brauchte es schon eines ganz besonderen Menschen der alle vereint. Am besten einer, der so mächtig ist, dass er über das Wasser gehen kann, fügten sie lachend hinzu.

So einem würden sie sofort überall hin folgen.

Da verlor Jesus leicht die Geduld und er beschloss zu handeln, etwas unfair aber zu einem guten Zweck, also etwas zu tricksen und ein bisschen groß aufzutragen, denn die Charaktere dieser Jungs und ihrer Kumpane waren herzensrein und sie genau der richtige Haufen, den er jetzt noch brauchte.

Jesus, der mit seinem magnetischen „Zauberstein", den er seit der Überfahrt zum Berge Sinai besaß (wie auch der Erbe Noahs), wesentlich akkurater als die Jungs nur mit ihren Landmarken navigieren konnte, sorgte dafür, dass sie längs einer, vom Boot nicht einsehbaren und baldigst durch die Strömungen verschwundenen Sandbank, die sich knapp unter der Wasseroberfläche befand, ankerten.

Und sagte, als er sich versichert hatte, dass alle nur das sehen konnten, was er wollte, zu ihnen[26]:

26 (er nutzte einen tibetischen Atemtrick, um seiner Stimme einen besonderen Klang zu verleihen und mischte noch etwas Shangri-La dazu)

„So sehet, welche Macht mir Gott verliehen hat" [27]
und sprang sodann aus dem Boot.

Die Schreckensrufe seiner Begleiter übertönten
wie geplant das sanfte Aufklatschen seiner Füße
auf der Oberfläche und das günstig stehende
Mondlicht sorgte dafür, dass die Sandbank unter
ihm quasi unsichtbar war.

Und dieser erste Moonwalk der Geschichte gab
dann den Ausschlag und ein solch großes Hallo,
wie er es sich nie hatte träumen lassen.

Sie waren zwar etwas übereifrig plötzlich und
murmelten was von sie hätten es doch gleich gewusst, von göttlich und gesegnet, aber das würde
sich sicher schnell legen und er würde ihnen dann
diesen notwendigen Streich reuevoll beichten.

Doch bis dahin sollte noch viel Wasser den Jordan
hinunter fließen und Jesu und Maria eigene Geschichte wollte ja auch noch weitergeführt werden.

Aber wenigstens gab es die ominöse Sandbank,
dieses wahrhaftige Gottesgeschenk, bereits nicht
mehr.

---

27 (und er hatte dabei ja noch nicht einmal gelogen)

36 Der große Plan

Nach zähen Jahren, langem Mühen und auch Rückschlägen waren sie ein großes Stück weitergekommen.

Mittlerweile mussten sie auf der Hut sein, irgendwie bemerkte das Land und seine Besatzer, dass sich etwas Großes ankündigte im Hintergrund.

Und nicht jeder konnte oder wollte Veränderungen gutheißen.

Auf der einen Seite absolut gewollt, auf der anderen Seite recht gefährlich, denn mittlerweile waren Jesus Taten[28] weithin bekannt, seine sogenannte Bergpredigt war eine Art Massenveranstaltung geworden.

Die Menschen hatten sogar Essen, Trinken und Musik in Buden organisiert.

Er musste immer noch lachen, als er an die Jungs nach dem Regen dachte, wie sie lustig und wie die Kinder lachend bäuchlings im Schlamm gerutscht waren.

---

28 (seine „Wundertaten" kann man heute noch, zwar grandios übertrieben in Szene gesetzt aber im Kern wahr, nachlesen. Er war jetzt schon dabei eine Legende zu werden)

Doch heute müsse er „cool bleiben, Centurio", wie sie ihm suggerierten.

Es wäre seiner Rolle sicherlich abträglich und so.

Nachts aber holte er es dann heimlich mit Maria und Judas, der nicht genug davon bekommen konnte, nach.

Die Flecken gingen übrigens erstaunlich schlecht wieder heraus.

Die Sache mit den Händlern, die doch tatsächlich am Sabbattag ihren Geschäften im Tempelvorhof nachgehen wollten, denen er dann etwas sauer mit Worten wie Peitschenhiebe Beine machte, schaffte ihm nicht nur Freunde.

Und als er neulich, nachdem er ob des verwässerten Weines auf der Hochzeit eines seiner Brüder leicht verärgert war, seine geheime Mixtur, die er mit Kräutern und Hefepilzen auf seinen Reisen gelernt hatte herzustellen, benutzte, um quasi Wasser mit Spuren von Wein wieder in kürzester Zeit zu etwas weinähnlichem zu machen und beinahe wieder nur Ehrfurcht und Wunderglaube erntete, war es Zeit.

Die Exemplare ihres Buches der Bücher waren derweil in „alle Herren Länder" angekommen, um ihre Zeit dort abzuwarten.

Und die Massen waren auch soweit, nun musste ein „Wunder her" und Jesus hielt es seltsamerweise für klug, ein derartiges Wagnis einzugehen, dass ihm selbst manchmal kurze Zweifel kamen.

Doch Maria und seine Jungs – Maria und er waren seit einiger Zeit miteinander verheiratet – und alle anderen tiefer Eingeweihten waren begeistert davon, als er es ihnen eröffnete, trotz aller Wenns und Abers, die sich daraus ergeben könnten.

Sie erinnerten ihn daran, wie überzeugt sie selbst damals waren, als Jesus sie – zu ihrem eigenen Besten, wie sie bei seiner Beichte damals, nach einer kurzen Verstimmtheit, alle nickend zugeben konnten – mit der Sandbank geneckt hatte, und was dadurch seither gemeinsam erreicht worden sei.

Nur mit einem „göttlichen Touch" in den Geschehnissen, würden sie den Römern so viel Angst und der Bevölkerung so viel Mut einflößen können, dass die Dinge nachhaltig und unaufhaltsam ins Rollen kamen.

„Es ist wie beim Schachspiel", sagte er, „man muss immer einige Züge, auch die des Gegenübers, vorausdenken."

Damit war alles gesagt, der perfide, aber rettende Plan[29] wurde detailliert ausgearbeitet und die notwendigen Vorkehrungen getroffen.

Wie gesagt, dennoch alles ganz schön tricky.

Jesus musste alle „Spezialeffekte", wie Thomas sie zu nennen pflegte, auffahren, um sauber mit allen Eingeweihten aus der Sache herauszukommen.

Das Ohr, das Petrus im Garten Gethsemane dem Soldaten „abhauen" sollte, musste präpariert werden mit der gefärbten Giftbehandlung, die kurz vorher das menschliche Ohr erreichen musste. Petrus war dafür auserkoren, da er am geschicktesten mit Messern und Schwertern umgehen konnte, damit der unwissende Soldat kurz eine Art Schmerz am Ohr erfährt und rote Flüssigkeit fließt, sodass er später bei seiner Ehre schwören würde,

---

29 (Apfelplan, das war das Codewort, weil sie eine Menge Äpfel während ihrer Debatten (ver)putzten und weiterverarbeiteten. Sogar dem Tipp dieses handeltreibenden Kelten von neulich gingen sie nach und waren zuerst hocherfreut über das flüssige Erlebnis...)

ihm sei tatsächlich das Ohr abgeschlagen worden und Jesus hätte dies vor aller Augen geheilt.

Mit am kniffeligsten aber war die Angelegenheit mit dem zerreißenden, fallenden Vorhang.

Die musste genau getimed werden.

Jesus hatte sich jahrelang Gedanken darüber gemacht, was der Spruch der Jünger der Lade zu bedeuten und mit dem Heiligtum zu tun hatte.

Mittlerweile, er musste lächeln, da die Lösung doch so einfach war, wusste er es.

Natürlich war das Zerreißen und Fallen des Vorhanges im Tempel, der das Heiligtum damit für jeden zugänglich machte *(es ging um die 10 Gebote, es ging immer nur um die 10 Gebote dabei)*, eine derart mächtige Botschaft, die er nutzen sollte.

Und nicht nur das.

Es war auch das Symbol dafür, denn diesen Tempelbereich durften nur die allerhöchsten „Gottesdiener" betreten[30], dass Gottes frohe Botschaft der nächstenliebenden Selbstbestimmung allen Men-

---

30 (allen anderen war es strikt verboten, denn dies bedeutete einen Tabubruch unter Strafe sondergleichen)

schen zustand und unabhängig von irgendwelchen Priestern oder Königen war, die darüber befanden.

Für was standen die Zehn Gebote denn genau?

Sie waren Leitlinien des sozialen Verhaltens „von Gott", und es kommt nicht von ungefähr, dass die Gebote keine Müssen- sondern Sollen-Gebote sind.

Ihr solltet (könnt) euch an diese Regeln des gemeinsamen Lebens halten, denn das macht Sinn, es funktioniert und es haben alle etwas davon, müsst es aber nicht, denn auch das ist völlig in Ordnung.

Kurzum, die in Stein gemeißelte Offenbarung Gottes, dass er den freien Willen gutheißt und nicht beabsichtigt, irgendjemanden irgendwann und irgendwo dafür zu bestrafen.

Der Plan war, sein Vater wollte unbedingt etwas dazu beitragen, im genau richtigen Moment – der Einsatz von Schwarzpulver war wieder gefragt – die richtigen Dinge geschehen und die richtigen Worte fallen zu lassen, sodass es mächtig Eindruck schinden würde.

Es sollte so unauffällig wie möglich vorbereitet werden.

An den Vorhang zu kommen, um ihn zu präparieren, erwies sich dann doch als erstaunlich leicht. Gut, wenn sich die eigene Schwester (androgyn von Judas geschminkt) als Reinigungskraft in den Tempel einschmuggelt.

Dad und die Jungs kümmerten sich um das restliche „Gotteswunder", die Blitze und den Donner beim eigentlichen Ereignis.

Nun hing es davon ab das passende Codewort zu finden, um die Dinge nahezu gleichzeitig geschehen zu lassen.

Niemand würde sich genau daran erinnern, was zuerst geschah, so hofften sie. Hauptsache die Dinge waren miteinander verknüpft.

Dad und Petrus hatten den Einfall schlechthin.

Dad sollte, „nachdem du genug rumgehangen und angebetet worden bist", wie er mit seinem einzigartigen Humor zu Jesus sagte, so tun als müsse er pinkeln gehen. Dies war dann das Zeichen.

Simon war völlig fasziniert von Jesus Fernrohr[31], weshalb er es war, der oben versteckt am Tempel

---

31 (Simon fand die eilige Dreifaltigkeit, die ihm fast schon heilig war, natürlich auch spitzenmäßig)

stand und die Szene durch das Fernrohr beobachtete.

Nun sollten mehrere Dinge auf einmal geschehen.

Jesus, der vorher den gleich Sterbenden geschickt mimen würde, sollte ab einem bestimmten Punkt dann rufen: „Vater, warum hast du mich verlassen?"

Darauf ein Knall und ein blendender Blitz und die Jungs, die sich kurz vorher von seiner Schwester heimlich in den Tempel schmuggeln lassen würden, den Vorhang niederrissen und alle sofort wieder verschwanden.

Jesus würde wissen, dass alles geklappt hatte, wenn Longinus mit seiner präparierten Lanze an ihn herantrat.

Also musste er im richtigen Moment „sterben" und sich tot stellen.

Kein Problem für einen Yogi und Menschen wie ihn.

„Tja", dachte er, „so geht Merchandising", obwohl er nicht wusste, woher dieses Wort genau stammte.

Judas, der darauf brannte, ihn „zu verraten" und später noch diese geniale Idee des letzten Abendmahls hatte und ein Bild dieses Abends in Auftrag gab, sowie Petrus, dem diese glorreichen Gesten und Handlungen dazu eingefallen waren, die nun auch noch für die Ewigkeit festgehalten werden würden, alles machte ein stimmiges Bild.

Sogar der Kelch war Handarbeit.

Er musste sichergehen, dass alle geschützt waren und die notwendige Kommunikation, auch wenn er „tot" war, mit seinen Eltern, Geschwistern und eingeweihten Freunden zuverlässig aufrechterhalten werden konnte und er weiterhin unentdeckt blieb.

Auch musste plausibel erscheinen, dass Maria nach seinem „Tode" verschwand. Das wollten ihre ehemaligen Glaubensschwestern, die Jesus zusammen mit ihr damals an Gottes Berg kennengelernt hatten, zuverlässig erledigen.

Auch Judas wollten sie mitnehmen, denn es galt zu befürchten, dass es einige radikalere Anhänger geben könnte, die die Friedfertigkeit nicht so sehr schätzten, wie es geboten war.

Nie war er glücklicher.

Alles das bedeutete zwar seinen „Tod"[32], aber danach wollte er mit Maria, die das Gefühl hatte, sie würde bald schwanger werden – man konnte sich immer auf das Gefühl von Maria verlassen – sowieso in der Fremde neu anfangen, da ihm dieser ganze falsch verstandene „Gottes Sohn" Fetisch überaus unangenehm war.

Doch die Freunde befanden schließlich gemeinsam, dass es wichtig sei, dies weiter aufrecht zu erhalten, um der Bewegung die Stärke zu verleihen, die nötig sei, sodass die Stämme Israels endlich ihre römischen Fesseln abstreifen konnten und ihr Land zurück bekämen.

---

32 (eine „öffentliche Auferstehung am dritten Tage" war ja gar nicht geplant gewesen)

XXXVII Wir sind nicht planlos

Es war ein Riesenaufwand mit vielen Risiken, aber es hatte geklappt, sagte Jesus immer wieder zu sich selbst, um sich einerseits von seinen Zeh- und Daumenschmerzen und andererseits davon abzulenken, dass er nun seinen Jungs beichten musste, dass am Ende, und auch noch durch sein eigenes Zutun, doch noch beinahe etwas schiefgegangen und er entdeckt worden sei, was aller ursprünglichen Plan erst mal über den Haufen warf.

Jesus sollte zwar tatsächlich nach einigen Tagen sein „Grab" verlassen, aber es hätte niemandem direkt auffallen sollen, damit der letzte Teil des Planes gelingen konnte.

Dann nämlich erst, wenn Jesus und Maria gemeinsam in Sicherheit seien, „plötzlich" das Gerücht zu streuen, dass Jesus hier und dort gesehen worden sei, sodass die Herrschenden diesem Gerücht hätten nachgehen müssen, um ein tatsächlich leeres Grab vorzufinden, was zur Legendenbildung hätte beitragen können.

Doch nach drei Tagen aus dem Grab zu entsteigen, klang viel zu sehr nach geplantem Lazarus und würde Misstrauen erwecken.

Jesus, der viel zu früh zum vereinbarten Treffpunkt gelangen würde, entschloss sich in einer unbekannten Höhle darüber zu meditieren, um Klarheit zu erlangen, was die Situation jetzt erforderte und konnte nebenbei auch sich selbst heilen, schließlich war ja nichts gebrochen.

Genau rechtzeitig kam er wieder in die Gestaltwelt zurück, einen groben Plan hatte er bereits in petto.

Der, sollte dieser ebenfalls gelingen, im Ergebnis vielleicht sogar noch mehr Wirkung entfalten würde als der ursprüngliche.

38 Trick Siebzehn Strich Drei

Seine Freunde hatten sich schnell beruhigt, auch Maria, die der Logik des Planes nichts entgegenzusetzen hatte.

Doch wie sollten sie diese Zeit, noch dazu fast 40 Tage, unentdeckt bleiben, um dieses Schauspiel, was sie dann inszenieren wollten, heil und sicher über die Bühne zu bringen?

Doch auch hier waren ihre engsten Freunde und ihre „Jünger" wieder sehr einfallsreich. Es war diesmal Thomas, dem einfiel, er könne sich doch als ungläubig ob der „Auferstehung" zeigen, um bei seiner „Himmelfahrt" damit der Theatralik noch mehr Futter zu geben.

Warum es ausgerechnet diese 40 Tage sein müssten, fragten sie ihn.

„Das", so meinte er lächelnd, „müsst ihr meine Frau fragen."

Denn beide hatten nach ihrer Heirat noch keine Zeit gehabt, sich 40 Tage zurückzuziehen und von Vertrauten versorgen zu lassen, um der alten Tradition der Mittelmeermenschen des „Essen-Trinken-Liebe-Machens" nachzugehen und sie hatten vereinbart, dies alsbald nachzuholen.

Da die Vorbereitungen sowieso sehr zeitintensiv werden würden, sie einen bestimmten hohen römischen Feiertag im Visier hatten und Jesus mit Maria, Judas und ihren ehemaligen Ordensschwestern wortwörtlich in den Untergrund ging, war dies eine gute Gelegenheit.

Es gab nur einen einzigen Schwachpunkt in ihrem Plan, der aber der Knackpunkt von allem war.

Jesus musste es schaffen so zu verschwinden, wie es ihm sein Oheim in China angedeutet hatte.

Er hatte es zwar noch nie probiert, aber er war durch seine Erfahrungen hoffnungsfroh, dass er auch das schaffen würde, in diesem einen Moment, wo es nötig war.

Glücklicherweise stellte sich heraus, dass Jesus für sein Himmelfahrtkommando einen der stärksten Orte der Kraft, einen vielschichtigen Knotenpunkt der Leylinien, ausgesucht hatte.

Noch glücklicher aber war er darüber, dass der Ort, an den sie nun reisten, ebenfalls vorzügliche Unterstützung für all seine Vorhaben parat hielt.

39 + 1 Tage und Nächte

Jesus freute sich auf die Nächte, aber ebenso sehr auf die Tage danach, denn dann ging er den Übungen nach, die er an seinem großen Tag beherrschen können musste.

Die Ordensschwestern, vollkommen hinter den Ideen Jesus und dem Ende der römischen Knechtschaft stehend, waren eine uralte Glaubensgemeinschaft, die Wissen der Ahninnen bewahrte, und um die Macht des Schöpfens und Erschaffens wusste.

Schließlich waren es nur die Frauen, die ohne großes Zutun der Männer das Leben in sich entwickeln konnten und schlussendlich gebaren.

So erfolgreich sich die Nächte gestalteten, Maria war bereits nach kurzer Zeit schwanger, so unerquicklich schienen die Erfolge am Tage.

Keine Fortschritte, trotz aller Konzentration.

Dann, es war erst sehr selten in der Geschichte des Ordens geschehen, bekam er Zutritt zu einem für Männer eigentlich gesperrten Bereich, wo er die Antwort finden sollte die er benötigte.

Sie klang zuerst ziemlich seltsam.

„Versuche nicht den Löffel zu verbiegen, denn das kannst du nicht.
Versuche dir vielmehr die Wahrheit vorzustellen."
„*Welche Wahrheit?*"
„Den Löffel gibt es nicht!"

Aber als er etwas darüber meditiert hatte, kam ihm die Erleuchtung.

Und zwar in genau dem Augenblick, als er die Idee von der Energie, die man überall im Körper hinlenken konnte und also auch an die „Atome" der Griechen dachte, und dann alles miteinander kombinierte.

„So wird ein Schuh draus", dachte er spontan.

Da seine Jungs sich erboten hatten, immer regelmäßig an festen Orten nach der allgemeinen Stimmung zu fahnden, wusste er stets wo sie waren.

Das, was er nun beherrschen lernen würde, kannte man heute als Astrale Projektion, die dann viel später unter anderem ein Mensch Namens Meister Eckhart ebenfalls beherrschen werden würde, aber das wusste er damals noch nicht.

Es sollte sich als recht spaßig herausstellen.

40 Der Masterplan zieht Wunder an

Seine Jungs hatten es zwar geahnt, waren sie doch vorgewarnt, dass unter Umständen etwas außergewöhnliches geschehen könnte.

Doch wie sich herausstellte, waren alle doch nicht so ganz darauf vorbereitet.

Die Jungs gewöhnten sich augenscheinlich beinahe daran, wenn er schemenhaft erschien und sogar sprechen konnte[33], aber die Massen waren zuerst erschrocken, dann entzückt, dann entrückt und danach prompt noch gläubiger.

Und obwohl er telepathisch zu den Menschen sprach, sahen sie seine Mundbewegungen und ihr Hirn gaukelte ihnen vor, sie würden ihn ganz normal reden hören.

Das trieb den Hype beinahe ins Unermessliche, und als dann der „ungläubige Thomas" mit seiner Show begann, waren alle sprachlos, wie genial er dabei agierte, um die Massen zu mobilisieren.

Der Tag kam näher, Jesus musste aber in Fleisch und Blut erscheinen, damit es echt wirkte, und so

---

33 (telepathisch, anders würde dies körperlos nicht funktionieren)

war immer noch das Problem, wie sie das genau anstellen wollten.

Es musste eine kurze Ablenkung her, die es ihm währenddessen ermöglichen würde, sich unauffällig zu verstecken. Sodann er seine Projektion dann auf den Platz zurückschicken würde, an dem er zuvor noch wirklich gestanden hatte, sodass die spätere Illusion perfekt wäre.

Denn im Gegensatz zu seinem „echten" Körper, konnte sein sphärischer durchaus den Eindruck erwecken, er würde „gen Himmel auffahren."

Wie es der Zufall wollte, fand sich die Lösung in der Kombination einiger Reste aus den Lagern des Ordens und etwas Kräuter- und Materialkunde, die Jesus einbrachte, sodass ein wohlwollender und plötzlich aufwallender Nebel zuverlässig im richtigen Augenblick erzeugt werden konnte.

Dieser roch zwar etwas schwer und ungewohnt süßlich, aber das konnte ja nur gut sein, denn es sollte ja „von Gott" kommen.

Und da an diesem Tag bis in die Nacht hinein sowieso ein hoher römischer Feiertag zelebriert wer-

den würde, war auch für ausreichend Menschen-
zeugen, vor allem römische, gesorgt.

Das Wetter sollte auch mitspielen, hatte die Sehe-
rin versichert, alles war gut.

41 Auf dem Berg und über'n Berg

Jesus hatte sich eine gut einsehbare, aber von dieser Seite schlecht und nur langsam erreichbare Stelle auf dem Berg ausgesucht, sodass er von möglichst vielen gesehen werden konnte.

Die Apparaturen waren installiert und warteten auf ihren Einsatz.

Besonders kniffelig aber genial, löste sich das Problem der Entsorgung derer. Schließlich wollte man keine Spuren hinterlassen.

Waren sie aufgebraucht, existierten sie nicht mehr, waren umgewandelt in feinsten Staub, der unauffällig aussah und vom Winde verweht wurde.

Dass er dabei etwas roch, tat der Sache keinen Abbruch.

Zuerst wollten sie, damit sich alle Jesu auf dem Berg zuwandten, erstaunt tun und dann laut rufend auf ihn zeigen, aber da seine Jungs zwar nicht wirklich gesucht wurden, aber lieber unauffällig bleiben sollten, kamen sie auf eine andere Idee.

Jesus grinste, als er daran dachte und an China, als er diese Spektakel das erste Mal gesehen hatte.

Es war alles nur eine Frage des Timings.

Sie waren an uneinsehbarer Stelle hinauf auf das kleine Plateau gestiegen und alles war installiert.

Sie verabschiedeten sich voneinander und wünschten Jesus viel Glück.

Es war von enormer Wichtigkeit, dass er nach seiner „Himmelfahrt" von niemand uneingeweihtem mehr als Jesus von Nazareth in Fleisch und Blut erkannt werden würde.

Sie würden also, während die Römer und andere Zuschauer noch wie erstarrt verharren würden, das Weite suchen und dies schnell.

Das gemeinsame Ziel von Jesus und seiner Frau Maria sollte auch für alle anderen geheim sein und bleiben, dessen waren sich alle bewusst und alle umarmten sich weit mehr als zwölf Mal zur Verabschiedung.

Dies war der Preis, den alle zukünftig zu zahlen hatten[34].

---

34 Obwohl Maria es später irgendwie dennoch schaffte, unerkannt den Eltern ihre Nachkommen vorzustellen.

42 Antworten und eine Frage

Er hatte für diese Gelegenheit 42 Thesen ausgewählt, die er dem Publikum um die Ohren blasen wollte, denn schließlich würde er gut zu hören sein, was sein tibetischer Atemtrick und ein klein wenig Shangri-La garantierten.

Zu mehr, so hatten sie, mit einem Sicherheitspuffer rechnend, war keine Zeit.

Die Pferde standen bereit, seines spürte die Wichtigkeit dieses Augenblickes und sorgte für Ruhe bei den anderen.

Er war bereit die zweite Show seines Lebens aufzuführen, auch wenn ihm bei dieser Angelegenheit immer unwohl wurde, wenn er an die möglichen Konsequenzen dachte.

Schließlich hatte er keine Lust eine Religion zu gründen, die ihn am Ende vielleicht gar noch verehrte, ohne die eigentlich Botschaft verstehen zu wollen.

So ließ er es dennoch im wahrsten Sinne des Wortes krachen und zündete sein gut abgestimmtes chinesisches „Ankunftsfeuerwerk" (die Uhr tickte).

Der Qualm hielt sich günstigerweise fast bis zum Ende und hielt so die Römer davon ab, vielleicht doch noch früher als geplant das Plateau zu erklimmen, um nachzusehen.

Alles hatte er hineingepackt in seine „Thesen des Göttlichen", quasi die kürzestmögliche Zusammenballung der Informationen aus ihrem Buch der Bücher, welches er mehrfach ankündigte.

Er merkte, dass sein Auftritt und seine verstärkte Stimme mächtig Eindruck auch auf die Römer machte und sie dadurch tatsächlich aufmerksam hinhörten.

Er kam zum Ende, es war Zeit die Nebel loszulassen, die sich durch die Witterungsverhältnisse noch mystischer zu verhalten schienen.

Es sah grandios aus, erfüllte seinen Zweck und sobald sich Jesus in seinem Versteck genügend konzentriert hatte, schicke er seine Projektion an den Platz, an dem er soeben noch selbst gestanden hatte.

Die Wirkung war perfekt, und als er hinunterkletterte, während seine Projektion, wunderschön unterstützt durch eine natürliche Wolke, die sich wohl auch mal in Szene setzen wollte, hinaufzuschweben schien, hörte er die Menschen bereits von einem Wunder erzählen, welchem sie alle beigewohnt hatten.

Er setzte allem noch die Krone auf, als er sie, kurz bevor er sich selbst verblassen ließ, mit weit geöffnete Armen spontan segnete und ihnen allen verkündete: „Ich komme wieder!"

Als er bei den Pferden und Maria angelangte, sagte er nur zu ihr: „Es ist vollbracht."

Doch es blieb immer noch die Frage, was daraus werden würde.

Die Jungs sollten sich nun erst mal bedeckt halten und die Entwicklungen beobachten.

Doch sie waren richtig heiß darauf in die Lande zu ziehen, um „die frohe Botschaft zu verkünden". Sie würden erzählen, dass sie Zeugen und Wegbegleiter Jesus gewesen seien und von dem „Wunder der Auferstehung" am Dritten Tage und seiner „Himmelfahrt" 39 bzw. 40 Tage danach.

Sie wollten dann immer an Leylinienknoten besonders stark an Jesus denken, damit er sie „besuchen" konnte, sodass auch Jahre nach den Vorkommnissen der Kontakt aufrechterhalten blieb.

Sie wollten auch Briefe an alle möglichen Länder schreiben, an die Karthager, Korinther, ja sogar irgendwann mal an die Römer selbst.

Judas hingegen weilte bei den Ordensschwestern, wurde später als Loretta bei ihnen aufgenommen und widmete sich der Orchideenzucht.

Seine Eltern hörten nie wieder etwas von ihm direkt, aber bedankten sich insgeheim immer bei Gott, wenn er ihnen (Absender unbekannt) seine neuesten Kreationen schickte.

Noch nie war er noch glücklicher.

Simon solle das Fernrohr und das Stativ behalten.
„Das ist ein Nikolaus-Geschenk", meinte Jesus etwas geheimnisvoll lächelnd zu ihm.

Jesus und seine seit einigen Wochen schwangere
Frau, mittlerweile hatte Maria auch ein eigenes
Pferd aus dem Gestüt in Damaskus, waren nur des
nachts und schnell unterwegs, das Ziel lag in Afri-
ka, an einer Quelle des kleinen Nils.

Mit verschwiegenen Freunden aus der Seefahrer-
zunft und mit verändertem Äußeren machten sie
sich ab Alexandria und Kairo[35] über das Rote Meer
auf nach Äthiopien.

Jesu meinte nur, er „habe da so eine Ahnung".

In Äthiopien gab es auch damals schon wunder-
schöne, tief nach unten in den Fels gehauene Got-
teshäuser, es gab Rabbiner bzw. Geistliche, genau
wie woanders auch.

---

35 (Jesus ärgerte sich, dass er nicht schon viel früher
und mit mehr Zeit die Pyramiden und die Sphinx be-
sucht hatte – diese außergewöhnliche Nase!)

Das Oberhaupt, ein Jünger der Lade, der ein Exemplar ihres Buches der Bücher zugesandt bekommen hatte, meinte zu Beginn des anschließenden Gesprächs; „Gut gemacht!", und meinte damit nicht nur das Buch, sondern vor allem seine grandiose Show, und sprach weiter, „schön, dass du verstanden hast, was die wahre Macht der Lade, also der 10 Gebote tatsächlich darstellt."

Er ließ sich haargenau die Tricks und die Abläufe erklären und schmunzelte oder war baß erstaunt und strahlte über das ganze Gesicht, als er erklärte, dass er davon Kunde erhalten hatte, dass dieses Ereignis „eingeschlagen habe wie eine Bombe", obwohl er gerade nicht genau wusste, woher er diese Worte nahm.

Jesus Taten und die „Auferstehung" und vor allem das grandiose Christi Himmelfahrt Kommando[36] habe die Welt noch nicht gesehen.

Er versprach, weiterhin ihr Buch der Bücher zu bewahren und dieses Anrecht und diese Pflicht auch notfalls an würdige Nachfolger weiterzugeben, wie es auch bei allen anderen Empfängern üblich wurde.

---

36 (so erfuhr Jesus auch von seinem neuen Beinamen. Es war ihm etwas peinlich)

Denn niemand hatte damit gerechnet, dieses gesammelte Wissen so lange verbergen zu müssen, über 2000 Jahre lang.

Damit hatte wirklich niemand gerechnet.

Maria derweil hatte eine wahrhaft geniale Idee, sie wollte ihr erstes gemeinsames Kind, unter aller Augen und unerkannt, in Rom gebären.

„Das", so meinte sie, „geschehe ihnen nur recht, den Römern. Damit rechnen die nie."

Stimmt, und wenn Petrus, dessen Traum ja schon immer ein Besuch in der „ewigen Stadt" war, auch noch erfahren würde, dass wir (er musste lächeln) unser erstes gemeinsames Kind auf einem der Felsen auf den 7 Hügeln Roms geboren hätten, dann würde er wohl triumphierend sagen: „Siehst du!, hab' ich's dir nicht gesagt: Auf diesem Fels will ich eine Kirche bauen."

Was soll man sagen, ungefähr so traf es später ein.

Nur mit der klitzekleinen Unterscheidung, dass nicht ein Kind auf dem Felsen geboren werden würde.

Jesus dachte später, als er seine ersten Zwillinge betrachtete, natürlich Mädchen und Bub, „was will man machen, wir sind halt gesegnet."

Doch zuerst musste der Weg geplant und möglichst schnell angetreten werden, damit noch genügend Zeit für den Nil und seine Kulturen blieb.

Sie waren immer noch auf dem Nil unterwegs, Marias Bäuchlein gut zu sehen, als Jesus gemeinsam mit ihr seine Eindrücke festhielt.

Es fühlte sich irgendwie merkwürdig für beide an, zwar auf der einen Seite fasziniert von den Tempelanlagen und Bauwerken (Abu Simbel zum richtigen Sonnenstand, man oh man) und der Kultur und dem Götterpantheon zu sein.

Aber auch zeitgleich zu wissen, dass ihre eigenen persönlichen Vorfahren so lange unter deren Herrschaft wie Sklaven gehalten wurden.

Bis Moses sie, freilich über einen völlig unnötigen Umweg, der ihn vierzig Jahre kostete[37], in die Freiheit und ins „gelobte Land" führte.

Auch hier hatte alles seine zwei Seiten.
Und manchmal auch war der Fluss des Lebens selbst die Grenze zwischen dem Reich der Lebenden und dem Reich der Toten.

---

37 (Mo meinte später zu Jay in den ewigen Sphären: „Ich hatte mir gedacht, das sei eine gute Idee, damit sie genügend Zeit hätten, um alles richtig zu verstehen. Nach all den Jahren hatte ich aber die Schnauze ehrlich gesagt dann irgendwann mal gestrichen voll.")

Nochmal über Kairo und Alexandria – er hatte mit dem Hüter ihres Buches der Bücher in der Bibliothek von Alexandria noch einiges zu besprechen – schifften sie sich auf direktem Wege gen Rom ein.

Die Bibliothek von Alexandria war ein Ort der Weisheit und der Lehre.

Jesus und er hatten lange gefachsimpelt. Der oberste Bibliothekar war Naturgelehrter, und dieser hatte ihn beiläufig gefragt, ob er diesen Trick mit dem Schießpulver erklärt bekommen könnte.

Jesus dachte sich nichts dabei und erläuterte dem aufmerksam zuhörenden Gelehrten das gewünschte Wissen.

Dumm nur, dass eines seiner später erfolgten Experimente in der Bibliothek dann irgendwann einmal mächtig schiefging.

Aber wenigstens wurde so gut wie niemand dabei verletzt und das Wissen war da schon längst unauffällig kopiert und dem Tempel in Nepal, sein Freund und Mathematiker vor Ort war ein wahres Organisationsgenie, zugeführt worden.

45 Niederkunft ohne Unterkunft

Es sollte eine Laune des Schicksals sein, dass Jesus und Maria sich im Gebiet Roms, weit ab jeglicher menschlicher Behausung und in unwegsamen Gelände aufhielten, als die Wehen einsetzten.

Das ganze Gereite war am Ende doch geburtsfördernder als geplant gewesen und zu ihrer beider Erstaunen hatte Maria vermutlich Zwillinge im Bauch oder ihr erstes Kind müsste mindestens drei Füßchen haben.

Hier gab es nichts außer Höhlen weit und breit und es blieb auch keine Zeit, also entschlossen sie sich kurzerhand, die nächstbeste passende zu nehmen.

Jesus, mittlerweile (er musste im Laufe seiner Zeit „einige Wunder tun") fast schon so etwas wie eine männliche Hebamme mit „Notfallköfferchen", war hoffentlich – so dachte er, bereit.

Er selbst souverän einen drohenden Ohnmachtsanfall wegatmend, konnte sich auch Maria, ebenfalls durch die Atempraktiken und an Wurzeln festhaltend die aus der Decke durchgewachsen waren, in eine optimale Position bringen.

Sie nutzten zu den Wehen, wie auch schon zu Zeiten Buddhas, die Schwerkraft mit, sodass die Geburt gut verlief, auch wenn Maria ihm in der ganzen Zeit manchmal ganz schön einheizte.

Die Zwillinge kamen kurz hintereinander, beide taten selbst ihren ersten Atemzug und auch alles weitere verlief gut.

Es sollte sich herausstellen, dass dies zufälligerweise haargenau die selbe Höhle war, die auch mit einer Wölfin sowie den Brüdern Romulus und Remus, Brudermord und einer Stadtgründung zu tun hatte.

Glücklicherweise verlief das Leben der Nachfahren Jesus und Marias für gewöhnlich eher anders aufregend.

46 That's life and this is Entertainment

Jesus, Maria und Josef – eines ihrer Kinder, es sollten ebenfalls fünf werden, den ersten Sohn nannten sie nach seinem Großvater – und der Rest ihrer Kinder, bauten sich ein Leben auf einer Insel im Mittelmeer auf[38].

Irgendwann würden ihre Kinder und Kindeskinder weitverzweigt um den ganzen Erdball herum leben, immer noch (neben den Hütern) auf das Wissen ihres Buches der Bücher zurückgreifen können, und ihr Wissen in den Dienst der Menschheit stellen, die immer noch nicht ganz so weit war.

Es ist nicht weiter erstaunlich, dass diese Menschen allesamt in die Geschichte als diejenigen eingingen, die über „geheimes Wissen" verfügten. Egal, ob sie Leonardo, Michel, Martin oder Hildegard hießen, bis hin zu einem in Ulm geborenen Patentamtsangestellten, den seine Eltern Albert nannten, da er immer so gerne rumalberte und die Zunge dabei herausstreckte, wenn er fotografiert wurde.

---

38 (einer ihrer Nachfahren sollte ein „großer" Sohn dieser kleinen Insel werden, doch er hatte etwas zu kompensatorisches an sich)

Von ihm sei dann auch der bekannte Ausspruch „Gott würfelt nicht" überliefert, aber – wie fast immer – unvollständig.
Denn vollständig hieß er:

„Gott würfelt nicht, er spielt lieber Schach."

Die gemeinsame Absicht schien sich nun endlich zu erfüllen, das römische Imperium versuchte immer verzweifelter an der Macht zu bleiben.

Ein deutliches Zeichen für den Verfall.

„Am dunkelsten ist es immer nur kurz vor der Morgendämmerung", erinnerte sich Jesus an einen fernöstlichen Spruch.

Er konnte nun keinen aktiven Einfluss mehr nehmen auf die weiteren Entwicklungen, es war ein Selbstläufer geworden.

Die Menschen mussten ab jetzt selbst dafür sorgen Gottes Botschaft zu verstehen, doch es war ja alles menschenmögliche getan worden dafür.

Jetzt lag es nur noch an ihnen.

An jedem Einzelnen von ihnen selbst.

Es amüsierte ihn übrigens auf's Höchste, als er davon erfuhr, dass Petrus bei seiner „Kreuzigung" in Rom[39] – seine Jungs hatten immer noch was drauf – beinahe das gleiche Schicksal wie er selbst damals erleiden musste.

Zwar hatten sie tatsächlich mal zuerst die Füße abgebunden (Römer waren immer noch knauserig), aber da das Kreuz dummerweise auf Petrus eigenen Wunsch hin verkehrt herum stand...[40]

---

39 „Rom wurde mir irgendwann zu heiß..."
40 „Das macht es theatralischer."
Er hatte da wirklich einen Blick dafür.

Prolog

Der Rest ist, zumindest die „offiziellen" Stellen, weithin bekannt als christlicher Glaube, festgehalten in dem Buch der Bücher bezeichneten Werk Namens Bibel.

Unterteilt in zwei große und eigenständige Abschnitte, beginnt sie im Alten Testament mit der Schöpfungsgeschichte der Bücher Mose und teilt somit ihren Ursprung mit dem Judentum.

Jesus war ja schließlich auch Jude.

Mit dem Neuen Testament genannten Teil darauf aufbauend, entwickelte sich der christliche Glaube, der sich lange Zeit später dank Luther, Übersetzung und Buchdruck selbst nochmals untereinander unterschied, auch wenn alle sich weiterhin Christen nennen dürfen.

Ca. 600 Jahre nach Jesus Wirken verfasste Mohammed dann die Schriftrollen die den Koran bildeten, und eine weitere monotheistische Religion entstand, die sich ebenfalls auf die ersten beiden Bücher („Schriftrollenträger") bezog.

Viele der Gläubigen hatten und haben aber leider immer noch das Problem, dass sie allesamt Gottes grundlegendste Botschaft nicht wirklich beherzigen.

Obwohl in nahezu jeder Religion die selben Botschaften verbreitet werden, nur mit anderen Worten:

Habt Euch (selbst) lieb !
...egal wie und was ihr glaubt sein zu müssen...

Quellen

Neben einem Leuchtglobus vom Sperrmüll, einem Schulatlas meiner Schwägerin, meiner Phantasie und vielen Recherchen im Internet, ist es natürlich die Bibel selbst, die mich inspiriert hat.

Aber auch ein wundervolles Buch mit dem Namen „Die Bibel nach Biff", von dem ich mich – zugegebenermaßen – beinahe schamlos inspirieren ließ.

Und auch den sagenhaften Filmen „The Man from Earth" oder „Idiocracy" habe ich viel zu verdanken.

Und neben den Monty Pythons, Walter Moers, Per Anhalter durch die Galaxis und den Scheibenweltromanen, war es natürlich auch mein persönliches Buch der Bücher, „Gespräche mit Gott", das sehr zur Entstehung meines eigenen Buches beigetragen hat.

Und am Ende könnte ich ja wie im Film behaupten:

„Nach einer wahren Begebenheit..."

Nachwort

Nichts liegt mir ferner als mich über Glauben und Religion oder Menschen an sich lustig zu machen.

Und auch nicht, jemandem auf die Füße zu treten oder zu verletzen.

Sollte dies so angekommen sein, so bitte ich aufrichtig um Nachsicht.

Doch Jesus als „gottgewordenen Menschen" darzustellen, war mir einfach irgendwann zu naheliegend.

Ich hoffe, dass es mir amüsant und wertschätzend zugleich gelungen ist.

Denn,...

ICH BIN
...wie alle anderen auch.

DANKE !

Ebenfalls als Buch und eBook erhältlich:

...geht Bildung anders?

Ebenfalls als Buch und eBook erhältlich:

...geht Menschsein anders?

Bei den meisten Büchern kann man die Gesamtseitenzahl nicht nur durch Zwei, sondern auch durch Vier teilen.

Interessant, gell?!